第三想象综合征

张嵩山——著

中国书籍出版社

图书在版编目（CIP）数据

第三想象综合征 / 张嵩山著 . —北京：中国书籍出版社，2018.10
ISBN 978-7-5068-7024-5

Ⅰ . ①第… Ⅱ . ①张… Ⅲ . ①中篇小说—小说集—中国—当代②短篇小说—小说集—中国—当代 Ⅳ . ① I247.7

中国版本图书馆 CIP 数据核字 (2018) 第 223424 号

第三想象综合征

张嵩山　著

图书策划	牛　超　崔付建
责任编辑	成晓春
责任印制	孙马飞　马　芝
出版发行	中国书籍出版社
地　　址	北京市丰台区三路居路 97 号（邮编：100073）
电　　话	（010）52257143（总编室）（010）52257140（发行部）
电子邮箱	eo@chinabp.com.cn
经　　销	全国新华书店
印　　刷	三河市华东印刷有限公司
开　　本	650 毫米 × 940 毫米　1/16
字　　数	158 千字
印　　张	12.25
版　　次	2019 年 1 月第 1 版　2019 年 1 月第 1 次印刷
书　　号	ISBN 978-7-5068-7024-5
定　　价	36.00 元

版权所有　翻印必究

目录

第三想象综合征 / 001

人在地隅 / 052

空降高度四百米 / 146

血　书 / 168

一个女飞行员的周末 / 178

第三想象综合征

1

七十九幢、八十幢、八十一幢……

歇歇？

歇！

每游动完一条山沟，我们就躲进阴凉里歇一会儿，避避毒辣的阳光。要不，在这偌大个西营区里游动上两小时哨，不累得你死不了，也晒得你活不成。太热，山间没有一丝风流动，连浮游的尘埃也静止悬空。这个碗状山窝里滚烫的空气，湿热得让人觉出几分黏稠，像盛着满满一下刚出锅的汤汁，我和冷小毛简直就是沉在碗底的两块肉。

昨晚刘金锁那班哨又看见信号弹了。

听说了。

刚来西营区我们就发现，连续三天里，每晚一发信号弹从西北边的黄茅岭升起，刺啦啦燃烧着，完成一个璀璨的问号后便消失了。当时我就纳闷：运动正在深入进行，竟然还有部队搞夜间训练？我们在给连队的报告上顺便带了一笔。没想到这一笔竟引起了师作训科的注意，一查，近几个月内没任何部队夜训。于是就有消息传来：根据群联部门掌握的情况，一九四九年初，国民党一个师在这一带被我军击溃后不知去向，很可能就地分散潜伏下来。连长叮嘱我们"提高警惕"之类的，又特意给我们八班增补了十发子弹。

据说，师里曾组织两个营对黄茅岭一搜山，只抓住一个半夜出来搞破鞋的汉子，便又分析，也许是敌人事先埋设在山里的定时信号弹。

它不规则地出现：或红色，或绿色；或上半夜，或拂晓前；或连续数日，或间隔月余。给这多谜的西营区又添上一份神秘。

我坐墙根下迷迷瞪瞪地打起盹来。

贝玲死后我就有了这毛病，坐下就打盹。

"班副，班副……"冷小毛一惊一乍地推我，"你看，六十四幢又少了几块瓦。昨天这屋檐口瓦还一溜齐呢，我记得很清楚。"说着就哈腰摸枪。

"你害怕？"

"噢不……有点儿。"

你就是让胆小给毁了，我想。

从我们坐的位置望去，荒草疯长的六十四幢屋前，挺拔着一棵齐檐高的野蒿。我从没见过这么大的野蒿，草本植物竟长成了木

第三想象综合征

本，羽裂状的蒿叶像一面面褴褛的旗帜，蔫蔫地耷拉着。蒿顶稳稳地立着只锐目半阖的秃鹰，鹰尾几乎擦到六十四幢的屋檐。屋上的瓦已被揭掉一小半，裸着白生生的芦席，像被掀掉半拉天灵盖，露出白花花的脑浆。

到底谁干的？

是啊，谁呢？

真可惜，这么好的营房。

营房倒不见得有多好。这个低陷的山窝窝里，七条微微隆起的浅丘将西营区切割得鸡零狗碎。站在黄茅岭上朝下看，那一幢幢红墙红瓦的营房，跟带血的羊粪蛋似的，沥沥拉拉屙了九条沟。它们足够一个飞行师住的，但这个师要开一次大会，非两小时才能集合齐了。

去年冬天我探家，乘的是焦枝线的慢车，只见每停一个小站就爬上几个当兵的，附近却不见一幢营房。当时我就想到，中国山区不定藏着多少个西营区呢。

这些营房盖得和我们的思想、语言、行为一样规范，百多幢一模一式。每幢十间屋，双坡悬山式的屋顶上覆盖着黏土平瓦。墙不是通常的空斗砌法，一律两砖全顺的实体墙，厚达四百九十毫米，据说可以抵抗原子弹冲击波。仍是基于冲击波的考虑，大墙面上安装的是小双扇窗，给人一种极好的封闭感。基座高仅一拃多点，而屋檐部分却大得智力超群，创造出很独特的压抑风格。可生性柔弱的黏土地质受不了压迫，三年前就开始了不均匀沉陷，墙面龇开一道道闪电辉煌的裂纹。

这些还不是最可怕的，最可怕的是在这方圆十几里没人家的荒山野地里，在我们一天二十四小时游动双哨的眼皮儿底下，屋上的瓦被一块块揭走，砖被一块块拔去。不多，一次也就那么四五块，顶多七八块。但可气的是又不冲着一幢房屋来，而是这幢揭几片，那幢拔几块，弄得九条沟的营房疤疤拉拉，满目疮痍，没一幢完好无缺。而偷盗者如风无痕，从没留下自己的蛛丝马迹。

我们班曾几次倾巢出动，分布在营区四周的制高点上，俯瞰、监视一整天，没用！班长龙八一不肯罢休，断然决定夜间潜伏，"每人占据一幢，隐蔽在屋里不许走动、睡觉、咳嗽、放屁。要沉着机智，发现情况就呼叫。还有问题吗？"

"尿尿怎么办？"冷小毛提问。

"实在憋不住就对着墙尿，没声儿。"

"打嗝也不行吗？"

"不行，你任登宝的鸡屎嗝顶风臭十里，最容易暴露。这次我们一定要兜住他一个。"

可连续潜伏三通宵，偷盗者连个屁也没落下。我们除了按月向连里写一次西营区损失情况报告外，什么招儿都没有。我开始怀疑究竟存不存在偷盗者，尽管我死心塌地地相信唯物主义，但我并不认为这种怀疑就是唯心的，自然界确实有许多现象让当代科学难堪。何况，这些令人有点毛骨悚然的荒谬现象已经折磨了我们整整两年。照目前的破损速度看，西营区的消亡，也就是十年内的事。

龙八一换哨来了。冷小毛听见脚步声，慌忙站起穿好军装。龙八一最看不得在哨位上光膀子，"国民党兵也不能赤膊放哨啊，这口子不能开，开了以后连裤衩也不想穿了。"

山野旷达，其实光腚也不伤风化。

2

"六十四幢又少了几块檐口瓦,就这些。"我望着那个屋檐,像在向它交哨。

"知道了,你回去领大伙把豇豆架子搭搭好。"接过我的枪,龙八一这般交代。

他说话刚劲有力,就是形象惨点儿:蚕眉鼠目;精瘦的脸上,两腮凹陷得将他那两瓣鼓鼓囊囊的屁股蛋割下来填进去,正好可以两下扯平。但你无法想象他肋条鳞鳞的胸腔里,蓄有多少灼人的狂热。他一入伍就广泛收集有关空降兵的资料,尽操些远不是他这号小兵拉子该操的心。数年潜心研究,他的空降兵理论似乎已渐成体系,抓住一切机会阐述它。

班里批林批孔,他带头发言:"林彪算老几,他只懂孔老二,根本就不懂军事嘛。辽沈战役那会儿他就瞎指挥,现在是七十年代了,军队现代化了,他更不会指挥。身为国防部长,他竟然从没到过我们部队,从没对空降兵建设作过指示。为什么?怕来了看不懂,怕说外行话掉底子。空降兵是一支技术性很强的特种部队,林彪根本搞不懂。我认为空降兵作战区域广阔,不受任何地理条件限制,别的军兵种完不成的任务我们都能完成,它属于陆海空军的边缘兵种……"

龙八一这家伙就有这本事,无论什么样的学习、讨论、批判……他都能把话题扯到空降兵上,将八班会场变成雷鸣电闪的空降场:"轰炸机在歼击机群的护卫下,对空降场实施饱和轰炸;烟尘尚未散去，漫天如蝗的军用运输机涌来，机降、伞降下成师成团的空降兵，在敌后迅速完成战役集结，形成对敌包围态势……"

听着听着，你就觉着连排规模的战术空降实在太小家子气，空降兵在未来战争中的作战方式，非得向他龙八一指出的方向发展不可，空降兵无论如何都该排在陆海空军序列的前面。

他常常用些论断式的句子结尾，比如——

"我请大家记住这个公式：空降兵＋单兵火箭＝战场主人。"

"对敌人致命的打击是什么？是二百五十米超低空空降……"

你别说，真挺唬人。你不由得就跟着他兴奋、狂热、骚动，骚动得难受，心里就骂："妈的龙八一。"

你喊他"班长"，他应着，但他更喜欢你叫他"龙八一"，最好再补问一句："为什么叫八一？"那他便会故作漫不经心地回答说："我是八月一号在部队生的。"

顿时你不敢小瞧这其貌不扬的家伙：哦，原来是军干子弟。其实他老子只扛了几年的少尉牌牌就转业了。我倒暗自佩服那个小少尉，提前量怎么就那么准，正好八一献礼。

"得让连里为我们准备些白菜籽，要不秋上没菜吃。"我提醒他。

"不用，我们准能回部队过国庆。"说罢，他带着那个新兵向前游动去。

屁话！我听腻了他倒说不烦。前年就说过这话，转了两轮又第三次说国庆。我们来西营区接九连那个班的防时，团里的精神是各连队轮流派一个班来，两个月一换。赶我们八班两个月守下来，精神就变了，不再换了，说是有个飞行团要进驻，他们一到我们就回连归建。不久，还真来了辆侧开门吉普，下来几个干部看房子。九条沟转了四条他们就停下，叽叽咕咕不知商量什么，脸色让我们看了直揪心。

龙八一觍着脸凑上去，跟一个闹不清是参谋还是助理的家伙搭讪："这房子不错，坐南朝北。瞧这墙多厚实，仨俩原子弹扔过来没事儿。"

"你说的是炮弹吧？"

龙八一不窘不恼，"这里空气新鲜得承认吧？你们什么时候来？"

"该来的时候来。"

两年过去了，飞行团仍不见动静。连长倒是多次向上面反映，要求将我们八班撤回归建。当官的都希望自己的队伍齐装满员，兵多将广。团长答应考虑考虑。

我们团长人称"两栖干部"，懂军事又有口才。我们班最后一次听他报告是来西营区前不久，印度正在安他们第一个核装置，即将挤进国际核俱乐部，成为世界第六核国家。现在我还记得他报告的题目：加强战备，迎接世界核大战。这似乎是参谋总长报告的题目。但即便是参谋总长的报告，听起来味道也不对。你咂摸啊，不是迎接革命样板戏电影周，迎接全国党代会的召开，迎接春节慰问团，而是迎接世界核大战，洋溢着喜气洋洋，欢欣鼓舞的情绪。

当然，报告的内容是很沉重的："原子弹厉害得很哪，同志们！一九四五年美国扔一颗在广岛，愣是把这座城市轰平了，十年都不长草（团长你瞎吹），日本人没闹清咋回事儿就死了好几十万。那一颗才两千吨梯恩梯当量（不对，是两万吨当量）。现在呢？苏联一九六一年十月在新地岛爆炸的那颗热核装置是它的2900倍，达到了5800万吨当量，5800万吨哪，上海也不够它炸的。俺在这儿犯点自由主义,给大家伙儿透露个数字,你们不要记录。目前光美帝苏修两家库存的核弹头就达四万多个。那帮龟孙们存这多做啥?又不是窝窝头、地瓜烧,不当吃不当喝,还不是用来侵略,用来战争?我们掌握了他们的情报哪,他们已经把原子弹瞄准了我们主要城市、重要工业区和军事设施,并做好了发射准备。啥时打?不知道,我们不是敌人的参谋长。但可以肯定,快了。我们不加强战备行吗?有的同志入伍两年了,木马还跳不过去,一打靶就不及格,怎么反核战争……"

明知这个报告是我那位在宣传股当干事的老乡起草的,可一经团长纯熟的开封话说出来,再配上表情、手势,报告整个儿就属于团长自己的,是他对这个世界核战争态势的鸟瞰、分析、论断。若干年后我才知道,这叫二度创作。后来听过多场相当一级首长的形势报告,不行,都没法像我们团长那么能蒙人,一听就知道在念秘书、干事们的稿子。

可我寻思,原子弹厉害你不能老说老说,越说它越厉害,比它固有的威力又大出许多倍。一个月一次形势报告,等于每个月被原子弹轰炸一上午神经,弄得你心里直发毛,背地里乱琢磨:美帝苏修干吗都把原子弹瞄准中国?跳越木马,射击优秀是不是就能挡住飞来的核弹?

团长的脑瓜远不如嘴好使,是只早该擦油的老表,总慢。关于我们班撤回,他一考虑就是半年,答复跟不答复一样:"还是等飞行团来了再撤吧,快了。"

这是一张刚捡到的国统区的金圆券,不知上哪儿兑换去。

我们照旧放游动哨,像八只瞎驴白天黑夜地绕着西营区这个大辗盘转。我们照旧自力更生搞副业,十六只爪子将亩把菜地挠得肥光流油，满目葱茏。团里的方脸北京吉普，还是每周给我们送一次给养、报纸、信件。那个黑狗蛋似的司机，每次不等我们卸完东西就发动马达，掉屁股就跑，到现在我们都没听过那小子何方口音哪里的种。指导员和连长每半年轮着来一次，背手巡视一圈就走，平时倘有事就书面指示，让北京吉普捎来。

  天热肉放不住，每星期送来的肉我们一天涮光，其余六天就靠自己种的菜。任登宝不吃肉，这个纯种汉人一吃肉就吐，所以老给他炒鸡蛋吃，一吃一大盘，打出的嗝一股鸡屎味儿，臭得让人活不下去。

  时间像一汪不再流动的臭水，连空气都沉滞得有股无法颤动的朽味。山沟里那个卵蛋大的池塘，黏稠的水呈蝇绿色，远山青黛，近岭褐黄。西营区的建成，糟蹋了这脉折皱山的植被，光丘秃岭，一副无望的浑噩恹恹的麻木。日子重复着单调，无味地循环。然而，在你不经意中，时间又从容不迫地悄悄改变着你眼前的一切：营区墙壁上的砖块，风化出一层粉末；干裂的门窗上，猪血色的油漆爆皮起皱，铰链、拉手、门鼻儿，一层层剥落锈蚀的铁屑⋯⋯

  时间真狠，有牙，啃砖、啃铁，也啃啮我们的灵魂。

  在这近乎蛮荒的大山里，我们像一个原始的部落里一伙落荒的草寇。我们都眼巴巴地盼着飞行团来，仿佛敌占区的人民盼八路，盼解放。盼不来就骂。刘金锁一骂就是脐下十厘米处："操，他们住的营房干吗我们来守，航空兵比空降兵xx大？"

  我倒不在乎，他们爱来不来。西营区是国防工程基本建设方针"山、散、洞"的产物，体现了毛主席和中央军委"早打、大打、打核战争"的战略决心。飞行团进驻就意味着疏散、临战，寂寞、无聊毕竟比核战争好过。

龙八一盼得心最切，昨天他还将份报纸拍得啪啪响，兴奋得小眼珠贼亮，"看看看看，南非这个屁股大国家也加紧进行原子弹试验。它还否认，赖得了吗？唉，看报纸就是要学会透过去反过来看。他们为什么加紧进行？说明他们意识到世界核大战迫在眉睫。飞行团肯定快来了，不出一个月。不信？打赌！"

没人跟他打赌他照样快活，走过来走过去都在哼哼："火红的太阳当空照，我为祖国守大桥……"唱得你说它是抒情歌曲不全对，说它是二黄导板也没全错。

3

山坡下的黄瓜、豇豆、韭菜，被晒得蔫巴巴的。刘金锁他们赤条条只穿个裤衩，躲在半山坡的马尾松下歇凉，望着山那边儿战备团二连跳伞训练。他们即将去大西北，在我国一次新的核试验之后，进行核爆区适应性空降。

飞机如同融化在高温酷暑里的银器，刺目地发亮；它盘旋着，吐核般吐出一串小黑子儿。

"不开——不开——"刘金锁他们一齐欢呼。呼声未绝，黑子儿爆米花似的膨胀成一溜白花，缓缓降落，慢得人疑惑它们在空中扎了根。

"唉——"刘金锁他们失望地叹息一声。

飞机再次盘旋，又吐出一串黑子儿，呼声复又响起："不开——不开——"降落伞偏偏开得齐整，间隔有序地呈斜一字形。"唉——"叹息更沉了，沉得我一阵阵胃寒。这帮自己跳伞惶惶然唯恐伞不开的家伙，到了盼别人伞不开来刺激庸怠无聊日子的地步,八班还有救吗?

我深吸一口灼热的空气,胃似乎暖和了点,喊声:"干活了,把豆架加固好。"

龙八一下哨回来,一言不发地朝铺上掼下军帽、腰带,然后两手揪住衣角,右手按定,左手正直向上抬起。"嘣嘣嘣嘣嘣",五响,五个金属纽扣挣脱扣眼。那副牛气哄哄的劲儿,让几个新兵看得眼热。他们不行,还摸不准窍门,这活儿手要正,劲要匀;军装太新扯不动,旧了又出不了嘣嘣嘣的效果。

"都给我过来!"

这一吼我才发现他脸皮茄紫。

"三班哨都没发现,啊,我反复叨叨放哨要加强责任心,提高警惕,你们就是死猪不怕开水烫,橡皮脑袋不过电。稻草人还能看块庄稼地呢,你们眼睛出气当鼻子使,活人守不住死家伙,有什么用,有什么用?"

大伙被骂得懵里懵懂不知其然。

我说:"话说清楚点!"

"还不清楚吗?四十一栋五室的门叫人家卸走了。我交哨的时候还不缺嘛,再接哨就剩个框了,肯定是你们三班哨上丢的吧。再这样下去,就该来扒西营区的墙脚了。"

我为之一惊,再看大伙儿皆相觑无言,面有惧色。真步了魔道了,那幢屋我和冷小毛来回游动过两回,怎么就没发现少了一扇门呢?

龙八一问:"大家说怎么办?"

谁也说不出怎么办,说得出也不说。他早有主意了,问问不过是虚张民主声势。你要说个办法他准不用,用了显得他无能。你不说他说,见出智高一筹。小手段。

"听着,明天上午两个人一组,刘金锁带一个出山口往东;西边山区是重点,我和班副各带一个往西北、西南方向。仔细察访十五里路以内的村庄,把门找回来。找到偷门的,说不定顺藤摸瓜就也找到偷砖瓦的。"

任登宝先喊:"我跟班长一路。"

"你跟副班长。"

"要不我跟刘金锁。"

"副班长。"龙八一瞪起了小眼。

我望着任登宝冷笑。傻帽儿,要不想跟我,你就得先装出要跟我;你要怎么就怎么,他班长当得还有什么味道?但是我挺纳闷:龙八一恨他,他和刘金锁又针尖对麦芒,唯独我与他相安无事,他倒要跟他们走。

这小子短腿长身,站着比我矬,坐着倒比我高。他那血色素沉淀过多的紫黑嘴唇总微张着,越发显出副蠢相;脸上丰产的疙瘩豆直长到脖颈,白色分泌物挤之不尽。

这个大队书记的儿子——用他的话说,他也算得一方土地上的高干子弟呢——有一手绝活,会写一笔很漂亮的黑体变形。篆隶楷行草全不会,他只会变形黑体。连队团支部副书记跟他吵过架,就是不用他这一技之长,出墙报、布置俱乐部都没他事。于是,他自己找出路。

空降兵部队从基层干部到战士这两个阶层,都有往背心、汗衫、球衣上印字的癖好:空降、空降兵、伞兵、空军伞兵……右胸处一律倾斜着一个降落伞图案。他跑到县城那个生意极兴隆的小刻印社转了一圈，回来就找塑料硬片刻了个变形黑体的字模，找来油漆稀释了，将宣传股用旧的油印机纱布要来洗洗净，拿把牙刷就往白背心上刷红漆。印制水平绝不在刻印社之下，而且跟任何人不雷同：两个碗大的字，胸前一个天，背后一个兵，你得绕着圈才能把他看完整了。

第二天他就是穿着这件"天兵"背心跟我上路的。他肩上搭着军衣，两条小短腿爬起山来，一蹶一蹶地犺得挺欢，让我老是想起大凉山的短腿马。

4

这一带山不算高，但浑圆的山岭起伏细腻，绵绵西来。日落而生，日出而息的山风余兴盎然地摇动满坡的马尾松，恍惚群山欲流。于是，你的意念也随之发散，悠悠忽忽地荡进古生代的汪洋里，听见一个蓬勃无比的生命在大海的怀抱里孕育成熟，呼啦啦地隆升，兴冲冲地拱出母体，带着海的遗传特征，长成这片凝固的涌流，静止成如波涛般的大丘陵。

太阳爬上山脊，一露面就是烈焰熊熊。山岚氤氲，天色蓝里透着雪青。没路，我们全凭太阳、山势判断方向，爬坡过沟直往西北走。越往里走，山的褶皱越深。我吃惊地望着断壁绝谷里被水流切割得支离破碎的盆地，雨蚀风化的片岩屑石，心想：原来它也有痛苦和磨难。一次次造山运动，一次次板块碰击，给它留下这多伤痕。但它沉雄不语，咬着牙关挺着、忍着熬过来，因此才这样智者般默然俯瞰着人世上的各种烦恼。

任登宝也在我旁边喟叹了一声："乖乖，这地形，怪不得国民党一个师的人能潜伏下来。"

我顿时兴味索然，不看他，说："军衣穿上。"

"啧啧，反正也没人看见。"

"穿上。你对我有意见？"

"没有。"

"那为什么不想跟我走？我比龙八一还厉害？"

"厉害。班长好咋呼，可是一脚就能试出深浅。你不同，有点……阴，不大说谁，只用眼睛看他，能把人看出屎来。"

他像在恭维我，我没这么深邃。他把我看得过于复杂了，世上许多事都这样被人为复杂化了。

我说："是你自己心虚，特别是出了那事以后。"

"哪事？"

"你装糊涂。"

"那伞就是不小心蹭开的，我敢赌咒……"

"是不是，我说你装糊涂吧？我没说伞你自己说出来了。"

"班副你……你不会长寿。"

"嘀嘀嘀，老美老苏的原子弹扔过来，我比你还多活一年。"

影子缩到脚尖前了。不知走出多远，还没发现一个村庄。

"回吧！"

"爬到前面那个山头看看。"我说。

这山果然没白爬。山脚下窝着户人家，屋顶上正抽丝似的冒出缕缕炊烟。有了人家，立刻也有了路。一条小径蛇游在草丛里，我们沿路而下。

屋子很老了，山茅草铺的顶盖有些走样变形。墙是长江中下游一带乡村里常见的泥垛墙。这种墙我当知青插队时垛过，极其简

第三想象综合征

单：将稻田的水放干，晒上几个太阳，半湿不干时撒上切得几寸长的稻草茎或毛发，鞭条牛把泥踩熟，再让牛拖着石滚子辗瓷实它。两三天后，用把锋快如刀的板锹将泥裁出四方四正的块儿，往石垒的地基上垛。熟泥裁光垛完，四块田就立起来变成四堵墙。用板锹铲平修整墙面，讲究点儿的人家还用白垩土泥上一遍，然后便可以架房梁了。

大概我们的祖先直立着走出森林、洞穴后不久，就发明了这种建筑方法。至今，它还在为我们这个黄皮肤种族的繁衍生息，遮风避雨。

屋前是个挺大的场院，码着刚收割的稻捆，一堆上等成色的金黄。门旁的竹竿上晾的一溜衣服里，惹眼地夹着花裤衩和胸衣。

刚踏上场院，一条黄色皮毛油光泛亮的小牛犊突然从稻堆后闪出，低吼着扑过来。是狗。我边退边"嚯嚯"地用枪抵挡着。

一个姑娘柔风般吹出屋来，"大黄大黄，瞎眼的，解放军你也敢咬？"

她用脚拨开黄狗。黄狗委屈地退到一边卧下，不怀好意地盯着我们。门里的阴影中也有一双死盯着我们的眼睛。

姑娘歉意地朝我笑笑，便低下头去。

蓦地，我就想起了贝玲，也是这样明朗如月的脸庞，说不上多美，耐看，有种内敛的神韵。可是贝玲不如她健壮，没有她这岭峦般的丰满和山野样的清新。贝玲太娇弱了，所以，那个邪劲十足的生产队长俞大滑才敢摸她屁股一把。她不敢吭声，只会躲在屋里哭。

那天月黑风高，正是杀人放火夜。俞大滑子从亲戚家喝喜酒回来，半道上被我和海子截住，一拳打趴下，反拧过他的手，用烟蒂将他右掌心烙了一堆泡,然后和颜悦色地丢下句话:"子时说出去,丑时把你房子点了。"

那年年底,我以甲等身体件应征入伍当了空降兵,贝玲被我们插队那个县的农机厂招工。分手时我说:"我退伍就来找你。"

她惨淡地一笑,说:"你不会来的。一想到那个姑娘被人摸过,你就会恶心。"说罢,便车转身去,似乎耻于带上一根田野的阳光、一丝乡村的熏风,就那么苍白羸弱地走了。

望着她的背影,想着她的话,我忽然就伤感起来:为什么我们这一代人多少都有点儿发育不良?

她进厂就赶上挖地道。

这年头中国人到处深挖洞,为了走在战争前面,不知往这个星球里掏了多少窟窿。那个小县城也挖得疯狂,昼夜三班不停,挖了二三十米也不知道被复,还往深里挖。地道塌了,别人腿快跑了出来,单单把疲惫不堪的她搭在里面。海子来信告诉我:扒出来时,她压扁的身体只有巴掌厚,像夹在地层间的一枚书签。

好漂亮的比喻。我"呵呵呵"笑得全班人围了我一圈,见我泪水乱淌却没一人敢靠近。

"班副,班副……"任登宝捅了捅我腰眼,我才知道走神久了,顿觉窘迫,舌头也大了,"噢噢,这样……是这么回事,我们路过这里,想要点水喝。"

姑娘抿嘴笑笑,说:"进屋吧!"

这姑娘好亲切啊。我不知别人是否也有过这种心境,一个初次见面、你对他毫无了解的陌生人,只因他长相和你某个亲人或好友相似,你马上对他产生某种好感,你们之间的距离也一下就缩短了。

第三想象综合征

屋内采光很差，闭了好一会眼才看清锅灶、饭桌、农具塞了一堂屋。杂，却并不见乱。两边是厢屋。东厢房门角的小板凳上弯腰坐着个老汉，咝咝地吸着旱烟锅，满屋弥散着烟草味儿。我不忍心看他，他老得让人寒心，黢黑得像截糟朽的木头，轻易地就能一块块把他掰碎了。我无法确定他是这个姑娘的爹还是爷，便含混地招呼说："老人家，给你们添麻烦了。"

他不搭话，仍旧咝咝地吸烟。姑娘在灶前揽过话说："你们别别在意，我妈死后他就这样了。"

"你们在这儿很久了吗？"

"嗯。"

"你们独门独户在这儿，是单干户？"

"嘻，现在还能单干？我们属于红光公社。"

这是另外一个县的公社，社委会在西边十多里地的小镇上，军用地图上标的有它。姑娘从锅里给我们各舀了一碗刚沸的水，然后将只篾筐里的米倒进锅。任登宝看了，问我："在这儿搭伙吧？"

我问姑娘："行吗？"

"当然行啊。"说着，她就掀开米缸又挖出一大碗米，淘淘，添进锅去。我溜达着屋里屋外转了一遍，什么也没发现。任登宝始终站在锅灶边，吃饭时也没离开一步，不时地瞟着那姑娘。等我们都吃上饭了，他才离开锅灶出来。

我们在桌上悄悄压了两块钱，便告辞姑娘往回走。我问任登宝："你小子干吗老站在锅台边上？"他吃惊地望着我，"这你都不懂啊？防止她下毒嘛。我看这老头像……那么阴险，你还叫他老人家呢。"

我明白他说的像什么，盯着他那疙瘩豆一派丰收景象的脸，许久，我才问："你那张全家福照片上坐中间的是谁？"

"我爷爷，怎么？"

"像胡汉三他兄弟。"

一路上我再没理过他。其实我对那老头印象并不好，可他想着那姑娘会放毒我心里就不舒服。

傍晚，撒出去的人都一无所获地回来了。

5

没听有车响，他是走来的，一露面就被我们盯住了。两年里，走近这片营区的唯一陌生人就是这老头儿。

西营区，你被人遗忘了吗？

他坐在营区边的一个鲨鱼形的小山上，仿佛是被身后那波涛无尽的山岭，从西边、从遥远的年代浪冲水漂来的。头顶上正悬着一年里烧得最旺的太阳，他倒像寒不可耐似的缩成一团；一张蜡黄多皱的脸，简直就是这片折皱山的投影图；一头银发比他上身的的确良衬衣还白炽晃眼，颇有点华贵气。

坐在这里可以鸟瞰半个西营区。

"你是谁？"

他抬起松垮垮的眼皮儿望着龙八一，"你呢？"

"这个营区的防务归我管辖。"

"明白了。我姓祁，在军区空军后勤部营房部工作。"

"军区空军的？军区空军有几个副司令？"

"六个。"

"不对吧？我们团还七个副团长呢？你来这里有什么事？"

第三想象综合征

"看看西营区。"

军区空军驻地离这儿三四百里地，下了火车换汽车，再步行二十多里，就为看看这些营房？龙八一脸上疑云重重。

我上前敬了个礼，"首长辛苦！"

龙八一匕斜我一眼，那眼神分明在问：你信他？我也用眼神回道：凭他的蓝军裤和给你当爹有富余的这把子年纪，我信。

我报告说："首长，西营区营房损坏情况很严重。"

他连连点头，"看到了，这是预料之中的事。"说着就笑起来，笑得怪怪的，像出气不畅。

我好惊骇，难道砖瓦不翼而飞他也早料到了？

这时，一直冷眼瞧着我们的龙八一神经质地猛然喝问："军区空军有几个副司令？"

"六个，冯、陈、褚、魏……算了，小伙子，我不是来投靠威虎山的。"他将两根枯干的手指探进衬衣兜，夹出个蓝塑料皮工作证递给龙八一。

龙八一打开工作证：总工程师。看看老头儿，又瞅瞅工作证上的照片，他"啪"地立正，谦恭地双手递还工作证，"请祁总谅解，这一带情况很复杂，我们不得不提高警惕。"他凑近祁总神神秘秘地说，"我们的营区和那边的机场，都是重要战略目标。"

祁总目不错珠地看着龙八一，隐隐透出忍俊不禁的笑意，"没你们说得那么重要吧？"

"唉，这你就不知道了。我们连长偷偷透露给我说，美帝苏修的高空间谍卫星已经多次侦察过这一带地形，把它输入电子计算机里，作为战争中第一批核打击对象。哎，绝密啊！"

祁总不觉哼哧笑出声来，"我无法考证这个绝密的可靠性，但可以证实它的荒谬性。先说那边儿的机场，勉强够个二级标准。因为它是边施工边设计的，科学论证不足，质量粗劣，跑道近两个半波浪。噢，这术语过于专业化了。简单地说吧，就是跑道起伏太大，飞行员起飞降落时通视不好，看不清前面的目标，很容易发生飞行事故。所以，这个跑道只能起降一些中小型的中低速飞机。人家不会这么傻，拿颗原子弹来炸你这种二级机场。一颗原子弹多少钱？美国为造最初的三颗原子弹，先后动员了五十二万人，投资二十亿美元。相比之下，一座机场简直就不值钱。这账会算吧？另外，以为将营区藏到山窝里去，就能防原子弹破坏，这也太天真了。地爆时或许还能减少些损失，要是扔过来个空爆的呢？美国投放的那颗原子弹，就是在离地面六百多米处爆炸，毁了广岛这座城市的。"

又是广岛。一颗原子弹使得这个只有九十万人、在日本排列第十一位的小城市的知名度，几乎与巴黎、纽约、莫斯科、上海、伦敦、东京等同。

我十二岁就熟悉它。

那一年，妈妈竟然找到一本英文版的《广岛浩劫》。漫漫冬夜，凄苦惶恐，守着一小盆炭火，妈妈一边用纯熟地道的牛津英语给我朗读，一边翻译："在全城的瓦砾堆上，在沟渠里，河岸边，在杂乱的屋瓦和铁皮屋顶上，在焦黑的树干上——在所有的一切事物上面，覆盖着一层鲜嫩的碧草。它生机旺盛，乐观向上。那翠绿的色彩，甚至从坍塌的房屋地基上萌发出来。细草已经掩隐了灰烬，在城市骸骨间，野花争奇斗妍。原子弹不仅没有损伤植物在地下的组织，相反，它还促进了它们的生机。到处是矢车菊和麟凤兰、牵牛花、萱草和藜；还有毛豆、马齿苋、牛蒡、芝麻、稗和小白菊。旖那长得异常繁茂，尤其是在爆炸中心的一个圈子内，它们不单在残剩的、烧焦了的旃那间挺然卓立，还从砖瓦中，从柏油的缝隙里，从四面八方冒出来……”

妈妈的声音婉约柔美，如吟如诵。可我不知道为什么，她来翻来覆去地只给我读这一段。

祁总一番话说得龙八一脸色都变了，但他不死心，定定地瞅着祁总，“上级很快要派个飞行团到西营区来，这可是真的。”

“不会的。”祁总似乎很有把握地说，“西营区从选点到建成，始终是个可笑的谬误，飞行团再驻进来，那就更是错上加错了。”

我和龙八一都不懂。

祁总叉开两腿，将裤裆前的沙土扒扒平，捡根松树枝几下画出个草图，说：“你们看，从西营区这条简易小路出山，一线贯穿下来，六里处是机场，再往前二十里是县城，二十四里处是空降兵师的驻地。按设计要求，西营区应建在机场和县城之间。结果不是，怕人家扔原子弹炸机场时，连营区一块炸了，硬是把西营区藏到这山里来。这样便造成西营至今不能通水通电，要通非得从县城牵引。且不说这个县城本来水和电就很紧张，即使水丰电足，县城与西营区之间横着条机场跑道，高压线是不准通过机场上空的，输水管也绝不允许从跑道下面穿过，只能绕个十几公里的大弯子。但这样不仅设计不合理，造价也太昂贵了。这片山区是枯水源地带，你们用的那眼井深达二十八米。打机井代价大，而且不可能解决一个飞行团的长期用水。这是一，水和电的问题。其次，西营区离县城这么远，飞行团干部和飞行员家属工作、孩子教育问题怎么办？三是这个县城负担一个空降师上万官兵的肉食蔬菜供应，已经非常吃力，再加上个飞行团。”

龙八一终于蔫了，恨恨地盯着祁总裤裆处的草图，"哪个笨蛋设计的？"

"我。"

龙八一一愣，继而窘迫不已，"对不起，祁总，我不知道是你……"

"不不，是我签署的。我这辈子唯一一次违心签署了一个荒唐的设计方案。"他向着西营区这片无知无觉的建筑，额角青筋古怪地抽搐起来，打胸腔里发出声悲号，"几千万哪，就胡乱堆起了这些砖头瓦块。"他费劲地站起来，拍拍裤子，"我该走了。"

"走？半下午了，二十里地够你饯。住我们这儿吧。"龙八一真诚地挽留说。

"不了。小伙子们，真是连累你们了，守着这片没人攻击，却又无论如何守不住的空营房。唉——"说罢，他腿若有疾般蹀躞而去。

我和龙八一一直目送着他的身影，看着他慢慢被东边的山口吞没。偶一低头，发现他坐过的地方有把黑色折扇，我捡起就撵上去，扯开嗓门喊："祁总——祁总——你的扇子，你的扇子……"

豁然开朗的东山口外是一片无遮无掩的大漫坡，舒展地向东倾斜过去，一眼可以望见的机场跑道在阳光下恍若一条大河，闪耀着白晃晃的水光，但就是不见祁总。走得好快啊，这老头儿。

我疑疑惑惑地回到班里，刘金锁正独自坐门口抠军棋。这家伙来西营区之前还闹不清司令和军长谁大呢，半年一过就玩得上瘾成癖，一天不摸棋，浑身都有病。

龙八一不让，"我们大小也是支部队，哪有天天下棋的？"

当天下午刘金锁腰就疼了，吵吵要回团里去住院。

第三想象综合征

我劝龙八一,"算了算了,下就下吧。不下干吗?在西营区他就找到这么点乐趣。"

我把棋袋扔他床上,"玩去。"

他一骨碌爬起来自己跟自己厮杀了一盘,这才像过足大烟瘾一样放哨去了。

他的棋术已经颇有造诣,后又练了手摸子儿的功夫,三个指头撮螺丝似的撮起个子儿来,中指肚在朝下的凸字面上一搓,就知道是什么子儿,然后便根据棋势决定翻不翻过来。这就越发了不得,谁也甭想赢了他。棋术悬殊太大,双方都觉得没味儿。所以,多数时间他总是自己下独棋,光翻不搓,翻到什么就什么。下起来大呼小叫,念念有词:"乖乖,可别碰上他的地雷。瞧,真不经咒,越怕地雷它越来地雷。还是地雷?我就不信,翻。"情绪随棋势变化,既为白军失败哀伤,也为红军胜利欢呼;红军炸弹炸了白军司令他神采飞扬;白军工兵拔了红军军旗他忧心如焚。痴痴迷迷,亦癫亦狂。我好嫉妒他,西营区的人唯独他活得自在。

我在门边拣个阴凉坐下,看他下棋,心里却想着祁总消失得蹊跷,不觉就打起盹来。醒来已是远山衔日,半含半露。

6

黄茅山的黑松林里,传来凄厉的啼叫:"咕——咕——"

九点了。一到晚上九点它就叫,间隔十五秒一声,天明即止。叫得阴鸷瘆人,不知是禽是兽。

从机井边冲完澡回来,龙八一叫住我:"班副,写个条子捎回连队,让副连长为我们准备些大白菜籽。"说完便浑身臭汗烘烘地钻进蚊帐。他第一次这么早早睡下，可是又睡得像在做床上运动，身子翻得板床痛苦地吱呀呀乱叫。

我在里屋也睡不着，一闭眼就看见祁总华贵的白发，雪峰般耀眼。他干吗违心签署西营区的设计方案？最后那句话好费猜：“没人攻击，却又无论如何守不住的空营区。”像谶语！迷迷糊糊中，我又想起他的折扇还扔在窗台上。我起身下床点上灯，取过折扇打开，一把极平常的二十根扇骨的黑纸面折扇，但无意中迎灯一照，发现扇面上隐隐有图形，线条细得仿佛工笔勾勒，游丝般若断若续，似隐似现；像阴阳八卦，又像经卷咒符；有钟鼎铭文，又似乎有幅女娲抱石哭泣图，刁钻古怪，玄妙离谱。我倏然全身一激灵，伏天里打了个冷战，便不敢再看，惶惶地爬进蚊帐。

可是第二天早起再打开折扇，冲着朝阳晃了好一会儿，扇面上却什么也没有，便疑惑昨夜所见是个梦。

我正神神鬼鬼的，龙八一起床了。他昨晚床上折腾大半宿，又放了两小时哨，等于一夜没睡，脸上病快快的活像个青面兽。

他被祁总那个干巴老头儿打倒了，我想。只有我知道这打击的分量。

7

前年连长刚宣布了对我们的任命，龙八一就找我交心，说：“同样是正副班长，我们直属连队的由团长亲自任命；其他连队的，营长批一下就行了，硬是差一档次。怎么样？搭档了，有没有信心闹它个一流炮班？我看行，我有狠劲，你有心计。你说呢？”

"你想在部队长期干？"

第三想象综合征

"有没有信心吧？！"

"你动机不纯。"

"说下去。"

"你敢听？"

"难受也得听。说出来，比我不知道窝在你心里闹鬼强。"

"住团骨干教导队的时候，有天清早我听见你一个人躲在个山旮旯里练口令。你口令一般，可是那句好精神。你喊……不说了吧。"

"说，我挺得住。"

"你喊了句：各大军区司令员都有了，立正——向右看——齐。只一句。其实你还没那么大野心，给你个连长干干，你就会以命相报。你老子是个转业少尉，你就高贵得不行，自认为是军人血统，时不时流露出我们军干子弟的意思。可你又打心眼儿里瞧不起你老子，少尉，还转业了，你想超越他。所以，当战士的时候你就特别狠，干工作、为人都是。要改，当头儿的不能一狠到底，得有张有弛，不然拢不住这个班。"

"我接受。"话是从他牙缝里挤出来的，停了会儿，他又问，"还有吗？"

我摇摇头。

他直视着我，"以后不要把人看得太透，那样招人嫌，会挨揍。"

"我家老爷子也这样说过，可是改也难哪。"

龙八一干得不错。无后坐力炮训练了两个月，实弹射击那天，我们班四发四中，把目标靶打得看不出个形。接着龙八一又露了一手——

我们班刚要撒下阵地，从旁边首长观摩的小山头上跑过来一个参谋，说："首长指定了一个目标，命令你们班再打一发。跟我来。"

他将我们班带进离原炮阵地百十米的一个山洼洼里，伸臂跷指，向龙八一和瞄准手冷小毛指示目标，"右前方山顶上的人形树向左三指，压住块独立的狭长岩石，看到没有？"

龙八一和冷小毛闭上左眼，一伸臂，三指压住那块岩石，一起喊："看到。"

"好，这就是目标，摧毁它。"

我长抽一口凉气：这目标可要八班好看了。目标与炮位高差太大，洼地里又草深齐腰，瞄准手根本没有视界。如果采用立姿肩炮射击，炮筒仰角过高，炮尾的喷火会倒卷过来烧伤炮手。冷小毛不知所措，全班人都盯着龙八一。龙八一小眼珠滴溜溜乱转了一气，最后把目光锁定在洼地边沿的一棵粗壮的苦楝树上。只见他随手抓起两根背炮弹箱的宽背包带，哧溜哧溜地猴上树去，将背包带在树干上部挽了活套，两腿夹定树干，喊了声："炮身。"

我一看明白了，忙和二炮手将填好炮弹的炮身托举上去。龙八一把炮筒伸进活套里，一手抱住树干，一手握住击发机柄，然后稳住晃动的炮筒，侧身俯向瞄准镜。

炮阵地上，所有的目光都聚焦在那棵苦楝树上。少顷，就听一声轰响，树上喷出道烈焰，对面山上腾起团烟云。待烟消云散，那块狭长岩石不见了。

阵地上一片欢呼。

我心想着：这小子行啊。马上就觉着他模样也顺眼了。

龙八一跳下树来，连长走过去小声地说："狗日的，回去嘉奖你。"

龙八一竟忘形地拍起连长肩来，"小意思，人还能给尿憋住了？"

他给连队长了好大的脸，连长乐晕了，居然没在意这小子失态，还连连颔首称是。

观摩实弹射击的首长们步下山坡，径直朝我们连走来。那位参谋小跑几步上前，对龙八一说："军长来看你。"

军长？龙八一眼珠子一下就不会转了，二傻子似的一个劲往衣襟上擦手，似乎准备和军长握手。可军长根本就没那意思，瞅了他好一会儿，才低沉而威严地说："打得好！"

"嘿嘿，打不好瞎打。"

"看得出你肯动脑筋。"

连长一旁插嘴说："我们八班长对空降兵建设也很有研究，很有想法。"

"哦，听听你的想法。"

我心里直嚷嚷："嘿，龙八一，白话给军长听听。你的现代战争观，你的空降兵制胜论，你对师以上规模战役空降的预见，全亮出来。军长听了准大吃一惊，环顾左右随从，直惋惜当班长委屈了你，说不定立马就和师长合计，连蹦几级给你个连长干干。我们连长太老了，就像我们睡的那些双层铺，超过规定使用期十年了，上面的人翻个身，下面的人给颠两个个儿。"

龙八一吭哧吭哧地舌头大起来，"我……瞎想想不好。"

顿时，一股暖暖的气体从我腔沟顺大腿内侧分两支向下沉去。呸！贾桂。狗肉。老子瞧不起你。

但我真正和他有些离心离德，还是从去年伞训起，那时候他就开始暴露领导功底欠厚实的缺陷。他什么都管,军事训练、思想工作、内务卫生、副业生产,司政后一把抓。我被架空了。八班只有一个脑袋,他龙八一的脑袋。我心想:你蠢哪,当爹就当爹,你不能既当爹又当娘。既当爹又当娘,你反而既不是爹又不是娘,只是你龙八一。我不认为这是他精力过剩,是权欲,但又玩权无术。我真没他那瘾头,绝不会因为四两权力就和他别劲儿拆台,往两下里掰,可我们俩从此甭想贴心。

他自己恐怕也没想到,只当了七个多月的船老大,船就翻在冷小毛和任登宝手里。

8

冷小毛是幺子,他的母亲和五个姐姐赛着疼他、护他。女人堆里出不了男子汉,六个女人的爱硬是把他压垮了,同化了,长得比他姐姐们更女孩子气,一副怯弱怜人的清秀。入伍半年,先后有四个姐姐来部队看望过他。直到全家人随他父亲的三线厂从东北迁到贵州大山里,路途实在太遥远,家里才不大有人来。

他父亲在信上说,这种为防备帝修反核袭击而进行的万里迁徙、疏散,很像他抗日战争时经历过的坚壁清野。而他母亲则非抬杠说像跑反。四五千人的大厂子,一下窝到条荒凉的山沟里,交通不便,原材料供应不上,工人只好停产搞大批判;缺房缺水;大人没处买菜,孩子没地儿上学……

我琢磨着什么叫威慑?这就叫威慑,原子弹攥手上,不用扔,就把人逼到这份儿上。

冷小毛胆是小点儿,可悟性极好,当瞄准手全连拔尖,跳伞地

第三想象综合征

面动作训练更是没人能比。他的离机准备姿势，你量吧，什么时候都是最规范化的，两腿弯曲成一百一十度的夹角，双手抱住假想的腹前备份伞，上体成四十五度前倾。保持这种姿势不变，他左脚掌轻轻一踏，飞机模型门的边沿就弹跳出来，轻盈地沿着条似乎是预定的弧线，紫燕掠水般落进机模下的沙坑里。军事动作仿佛被他艺术化了，谁看了都说是种享受。

可这小子不争气，一上飞机就脑袋懵。机舱里，那盖住马达轰响的《空降兵战歌》声中，他的声音刺耳得高亢，绝对不是人声儿。那天他跟在七班后面跳第九名——八班的第一名，前面八个都以每两秒一人的间隔，鱼贯跃出机舱。冷小毛走到机门口时，一看那深渊般的大地、急速飘过的流云和啸叫的长风，"哇"的一声惨叫，脸色刷青，眼白陡增，"刷"地伸出两手，死死抓住机门铁框，直挺挺地定住了，汗水从伞盔里直往下嘀嗒。

虎背熊腰的放伞员怎么使劲儿也掰不开他的手。

空投时间过去了，整整半架飞机的人被他挡住没跳出来。飞机复飞，绕空降场盘旋一圈，第二次进入中心点上空。

龙八一急红了眼，狼似的嗥叫道："冷小毛，好好看看你的语录条，再跳不出去，回头我宰了你。"

冷小毛垂下脑袋，瞅了瞅腹前备份伞上橡皮绳勒住的红纸语录条，嘴里嘟嘟囔囔地念着："这个军队具有一往无前的精神，他要压倒一切敌人……"

准备跳伞的信号铃响了：丁零零，丁零零……催命地短促急迫。全舱人重新起立，放折叠凳，掖拉绳，抱紧备份伞，两腿弯曲，上体前倾准备离机。

放伞员拍拍冷小毛的伞包，"不要怕，你的伞非常可靠。"

龙八一翘着脑袋喊:"冷小毛,跳下去我三个月不派你公差勤务。"

冷小毛似乎没听见这些鼓励、许诺,只顾背诵语录:"压倒一切敌人,而绝不被敌人所屈服……"

一个人没跳下去,大伙儿全跟着心慌。跳伞铃一响,机舱里就显出乱来,脚步踢里踏拉没个点,都翘首注视着冷小毛。

冷小毛仿佛攒足了劲儿,跺着舱板往前走。可他稀里糊涂地离机门还差一步就起跳,身子向上蹿了蹿,鼻眼里古里古怪地"嗯呐"一声,就软面条似的瘫在舱板上乱翻白眼。

机舱里反常地静了下来,只有引擎声如同无数绿头苍蝇扇动着透明的纱翼,没头没脑地缠住你。

飞机一斜翅膀,掉头向机场飞去。

飞机对准跑道俯冲,整个八班在下滑。

一阵轻颤,着陆了。我们依序走下飞机,像一队战俘低头穿过停机坪上准备登机的人群,穿过那片惊诧的、鄙夷的、嘲讽的、同情的……目光密织的网。

冷小毛完了。从此他就成了入党、提干、住学之类好运的绝缘体。在这崇尚勇猛武德的空降兵部队里,不论你是谁,军长也不例外,只要你有一次伞跳不下来,人们就看不起你,你服役期间的命运就定形了,而且休想改变它。这支部队丝毫容不得软骨头、胆小鬼和懦夫。不错,你冷小毛是个新兵,而且其他新兵跳伞时,许多人也都怯过、怂过,登机前尿多,登机后脸黄。但他们牙一咬、眼一闭,跳下来了,这就够了。这就使他们和干部、老兵们一样,拥有严厉批评你放松思想改造,经不起生死考验的权力;负有帮助监督你提高政治觉悟,增强革命意志的责任。许多年之后,指导员们

第三想象综合征

在革命英雄主义教育课上，还会拿你做反面典型。

一伞定乾坤。我们连那个平庸过人的副指导员就毫不避讳地夸耀过："咱没啥本事，就是在第一次跳伞主伞没开的情况下，两手一顿乱挠，挠到离地面还不到二百米的时候，碰巧挠到拉手上，打开了应急备份伞。"

无知与低能没挡住他入伍五年当上副指导员。

可是我后来碰到一位航医，他告诉我说有些人确实天生患有一种高空恐惧症。他的话使我回过头来，重新审视我们空降兵荣辱观的思维定式和群体心态，不知不觉竟养成了一种吃里爬外的坏毛病：

——我将否定的目光投向伞训场上那野蛮的训练方式：一连两三个月，每天近千次地从一米高的机模上，从两米高的平台上往下跳，跳得膝盖瘀血乌黑，腰肌严重劳损。

——我用理性的长鞭抽打那种将扫地或帮厨次数多少，作为好人好事来表彰和列为党支部发展对象的荒唐荣誉观。

或许我说起这些事来话太刻薄，龙八一形象地挖苦我是吃家饭拉野屎的货。

我承认，论对空降兵的感情，我是不如他铁，但我真是喜欢这支部队，悄悄地倾心于它。它死守着战争年代打出来的骁勇的传统不放，通过唱起来能崩塌一块天的《空降兵战歌》，每个指挥员都很讲究的一嗓子口令，输了全连吃不下去饭的比武、竞赛……将这种传统一点一点地渗进一茬又一茬士兵正在发育的骨骼里，奶大了无数的傻大胆以及龙八一那样狂热的空降兵制胜论者。它的男子汉味道太浓，太足。

即使是在我们被打发到西营区来忍受这蚀人的孤独、压抑，而不让撤回自己的营区时，我仍然动情地想：倘若我有一天成为学者大家，我要在自己第一部作品的扉页上写下：献给我的母亲部队——空降兵；倘若我有一天获得了诺贝尔物理学奖，我就要求评委会在这个部队为我颁奖；倘若我这辈子啥也不是，那就让儿孙们在我的墓碑刻上一枚伞徽。

八班原机返回的当晚，连长宣布的翌日跳伞人员编机表上没有冷小毛的名字。第二天，他就捆上铺盖卷，去饲养棚喂猪了。就在冷小毛抄起煮食的大锅铲，或者正在铡猪草的时候，他头顶一千米处的那架中型运输机上，任登宝的主伞开了，再次原机返回。回到连里，他一副很沮丧的样子，逢人就嘟囔："瞎，真倒霉，一不小心就在舱壁上把伞挂开了。"

听者无一人有所反应。糟就糟在这儿，没有反应恰恰就是最大的反应：怀疑。你根本不用解释，浑身是嘴也说不清伞到底是挂开的，还是你自己偷偷拽开的。

龙八一气得大哭了一场。

我们八班完蛋了。这谁都明白，炮训再好的班，这种事架不住反复一遍。有一次，三年抬不起头；两次，五年翻不过身。它甚至拖累了全连，当年团里"优胜连"评比，我们连第一次落榜；年底连长转业；指导员任团直属队协理员的命令也搁置了……

从此，龙八一恨透了任登宝。冷小毛是新兵，怎么说他跳不下来都有情可原，你任登宝老兵了还丢人现眼，算个什么玩意儿吗？

一个月之后，连里决定我们班到西营区来执行防务。我阴阴地望着指导员，"是发配吗？"

他很不自在，"怎么这样想呢？啊？让你们单独执行任务，本身就说明支部是信任你们的嘛，是不是啊？"

是与不是全让你说了，我无话可说。我想。

"你们到了西营区，冷静地思考一下任职八个月来的工作，总结出教训。不能让八班垮了，要重新站起来。我希望两个月之后，能看见你们带回一个精神面貌崭新的八班。怎么样？"

龙八一看看我，我别过脸去。他只好自己鼓了鼓劲，"行！"

从指导员屋里出来，龙八一扛扛我肩，说："干吧！"

"干什么？"

"让八班站起来。"

我苦笑一下，"站吧。"

我们在西营区从政治学习、作风纪律到内务卫生，全面地整顿了一下，但没有效果，大伙儿总也提不起精神。

我对龙八一说："在哪儿摔倒就得在哪儿爬起来，这么个鬼气森森的地方，不行，连虎都能长成猫，好兵也会给消磨得软不拉几。兵心、士气、军威，非得在大营盘、大部队里接受熏陶、感染、刺激。"

龙八一认为深刻，便盼着回去寻找让八班站起来的机会，哪怕这个机会要到核战争中去找，他也不在乎。但他跟我的盼法不一样，像拉屎，一节一节的。过了国庆盼元旦，过了春节盼五一……今年国庆节或许是他最后的盼头了，倘若再回不去，年底很可能就得复员。

然而，祁总将他的归建之心彻底粉碎了。

老头儿太冷酷，科学太无情。

9

不是送给养的日子,早饭后却听见方屁股北京吉普的刹车声。

我们跑出屋去,见指导员已经钻出车门,老远就快活地向我们挥挥手,扬起嗓子喊道:"进屋开个小会,开个小会。"

一看指导员那情绪就猜着准有什么好事。没等指导员坐定,龙八一就过分谦恭地递上支烟去。指导员一个劲地吸烟不说话,眼睛藏在烟雾后面,望着我们急吼吼的样子笑。

"指导员,除了两个放哨的,班里人都齐了。"

"啊,情况是这样的,上级决定组织一次反空降登陆演习。由战备团三营扮演蓝军空降登陆,我们团扮演红军,从地面进行反击,在他们空降后立足未稳时,把他们消灭在滩头上。因此,我们支部请示团党委,同意你们八班就地边执勤边训练,下个月由团后勤抽调人来换你们回连归建,参加反空降演习。"

"噢——"龙八一跳起来,欢喜若狂地喊道,"坚决拥护连党支部的英明决定。"

"唉唉,只有党中央才能称为英明。用词不当。"指导员批评说。

管它呢,用词不当照样不影响全班人喜形于色:可盼到日子了。

"你们不要太冲动,冷静地想想任务是艰巨的。你们班两年没搞炮训了,这次演习我们的主要任务,是对付蓝军的运动坦克,射击难度更大。训练中不塌一层皮,你们别想赶上其他炮班。"

龙八一腾地站起来,"是骡子是马,遛了看。"

"好,为保证训练,你们白天可以放单哨。努,这是连队的训练日程表。目的、要求和标准上面都有了,按它组织实施,我不多交代了,半个月后你们排长会来考核一下。车在外面等着,我还得赶回去组织连里的训练。八班长,这是你们班的一个机会,明白吗?"

"明白明白。"南方人说话频率快、用词费、叠词多的地域性语言特点,在龙八一嘴里表现最充分。

指导员挨个和大伙儿握手,道声:"演习场上见!"把我们这伙哀兵的心,暖得热乎乎的。

吉普车消失了。龙八一猛地反转过身来,双手叉腰,喝问大伙儿:"指导员的话都听见了吗?"

"听见了。"

"软不拉几的,重来。指导员的话都听见了吗?"

"听见了。"

"嗯,这还差不多。任登宝,你说说指导员最后一句话怎么说?"

"演习场上见。"

"不对,再往前一句。"

"再往前是赶回去组织连队训练。"

"迷糊迷糊。"

"班长,我……我知道。"冷小毛怯怯地望着龙八一说,"这是我们班的一个机会。"

"领会它的精神吗?"

"领会。"

"既然大家心里都有数，我就不说了，说了好几天都不自在。不过，跌倒不要紧，好马也失蹄，但我们不能一失再失，猪大肠一样拎起来一大挂，放下一大摊。天上损失地上补，我们要抓住这次机会玩命练，演习中把全连都镇住，叫他们不敢小瞧八班。大家说，敢不敢玩命？"

"敢。"

"好，我们还按原先的炮手分工，收拾火炮，下午就开始训练。今天是刘金锁值厨吧？还有什么好吃的？"

"还剩十个鸡蛋。"

"全炒了，小小犒劳一下。"

八班的人像冬眠的蛇，春天里出洞了。大伙儿真够玩命的，几天工夫就将门无后坐力炮玩得溜熟。从待击地域到占领阵地、完成射击准备，只用了五十四秒，这五十四秒足以让连队所有的炮班结成嫉妒的联盟。一炮手冷小毛对运动目标的捕捉速度和瞄准精度，同他的离机动作一样才气横溢。二炮手刘金锁戒大烟似的戒了军棋，二十多斤重的炮弹，他一口气装填了百十发。

第四天，我们就提前连队训练计划一周，投入大强度野外训练。

借着演习这个潮头，我认为八班有可能创造个奇迹，东山再起。

然而，半个月后我们排长没来考核。指导员让北京吉普捎来了个便条：演习无限期推迟，训练还应继续抓紧。

龙八一虚张声势，咋咋呼呼地说："我早就怀疑嘛，这么大个演习，一个月训练哪行。看看，推迟了不是？这说明演习准备不充分嘛。但演习还是要搞的，你说是不是，班副？"

"演习泡汤了。"我说,我相信我的直觉不会错的。

"班副。"龙八一把我拽到一边儿,耳语般责怪我,"你这样说人心就散了。"

我没说话,心想:如果八班真的已经病入膏肓,靠演习这针强心剂也延长不了几天小命。

果然,没几天连里就正式通知我们:演习奉命取消。没说原因,全班也没一个人问,只是平静地将无后坐力炮仔细擦净,抹上炮油,穿上帆布炮衣,抬进那间黑漆漆的小储藏室。

这是从激情的波峰跌落进失望的浪谷所产生的幻灭与虚无的平静,静得我心里一阵阵发虚。

这天夜里一场暴雨,西营区北端的半个山头滑坡了,将山脚下的第一○一幢埋得只剩下屋顶露在外面,猛一眼看去,像戈壁滩上的地窝子。

10

煤油灯是由班里内务监督员任登宝专职保管的,这小子知道入党无望,厨是早不帮了,现在连灯罩也不肯擦。烟炱如敷的玻璃罩将光线全吃了,眼杵报纸上也看不清字儿。龙八一就吼他:"擦擦擦擦。"他这才老大不乐意地取下灯罩。

我们知青插队时用的也是这种灯,贝玲的那盏灯罩总是一尘不染地透亮。我和她不是一个村的,但她距离我和海子那村很近。我们住村东头,她独个儿住村西边儿,中间隔条鸡肠子河。常见她在河那边儿洗衣服,也知道她是我们省城二中的,但没说过话。

那年早稻要登场时,公社书记来了,要抽调部分知青,接管我们大队各生产队的口粮分配权。因为据他估计,我们大队将会刮起一股瞒产私分风。我始终没闹清,他这个估计的依据是什么。或许压根儿就不需要什么依据,纯是智者的预感和天才的想象。当然,这事儿和那年头里的许多事儿一样,都怕时间这玩意儿,经不起回头看,一回头就把它看出几分尴尬来。但无论如何,当时确实是它给了我与贝玲交往的机会。

我和贝玲被编为一组,管三个生产队。

每天傍晚,我们给打好的稻子扣印封堆;第二天我们俩不到场,社员不能启堆。晒干后由我们掌秤分稻,记账入册,上报公社。我扛着枣木大秤,贝玲夹着乌木算盘和账本,成天挨村转悠。社员们私下里说我们像过去收租的。晚上回来,我们就在她的煤油灯下做账,一笔笔算着人均粮、工分粮、公粮……

有一天我们不觉就挨得近了。我偶一偏脸,看见她永远晒不黑的颈项柔润细腻,耳轮小巧娇嫩,接着就闻到她那略带汗味儿的异性的体香。忽然我就呼吸变粗,脸颊发烫,心里躁动着一种陌生的不安,身子也奇怪地战栗起来。

贝玲觉出了,转过脸来,文文气气地问我:"怎么回事儿?"

"不知道。"真的,我常常不知道自己怎么回事儿。

她同意,说:"我也有过,莫名其妙地就激动、恐惧、快意、苦闷。"

那年我俩都才十七岁。一年之后她就死了,很久我都不习惯这个事实。水灵灵的一个姑娘怎么会一下就没了,变成一枚血肉模糊的书签呢?这太残酷了,命运不能总是欺凌一个弱者。贝玲,你还活着,只不过想躲着我,对吧?

你真傻,我已经为战备献身了。

第三想象综合征

嘀嘀嘀，你就别跟我扯什么战备了，它反倒显得这悲哀有些滑稽。连你这样的弱女子也钻到几十米深的地底下去掏洞，我们民族真的就到了最危险的时候了？贝玲，你死得太冤枉。

别这么说。

就是太冤枉，你还不明白我的意思？

"班副，你问谁呢？"冷小毛一旁勾着脑袋问我。

我叹了口气，知道自己又打盹，还说梦话了。

灯罩擦好了，屋里骤然亮了许多。六个人在两床之间的小马扎上坐成个圆，当间一盘点燃的蚊香。

西营区的一个显著特点可以用四个字概括：人无宁日——白天小咬横行：这种肉眼难辨的小黑虫，一口能在你身上咬出个比它本身大出几百倍的肉疙瘩，奇痒难耐，经日不消。晚上蚊子猖獗：总是论集团军出动，多层次，多批次，多方位，多角度向你发起攻击。

一缕蚊香烟在晚风拂动下，袅袅地斜向而起。山区特有的花斑蚊似乎对这种蚊香颇有兴趣，如同涂了迷彩的庞大 B-52 机群，雄壮又矫健地绕烟缕盘旋翻飞，时而又作穿越飞行，而且转弯半径很小。久而久之，它们就厌倦了这种游戏，扬长而去，继续寻人味儿做它的吸血勾当。出于人人都有饭吃的人道立场，我不能说出这蚊香的牌子。

报上说，离我们三百多里的那个著名火炉城市热死人了。整整四大版，我唯独信这条不足百字的本报讯。该热死人了，我实在想不起还有哪个夏天比这个八月更难挨。白天的太阳烤肉干似的，烤得人一个个油脸汪汪，臭汗淋淋；盼风盼得脑仁儿疼。晚上风来了，一股一股的，滚烫，像有人一瓢一瓢地往你身上泼开水。中国大陆似乎正向赤道滑动。听说亚马孙河流域倒凉爽宜人，挤满了避暑的游人。气象学家们纷纷抗议：核试验正在严重破坏大气层的自然状态，造成地球气候带的紊乱。越紊乱越炎热越发疯地搞核研究、核试验、核贮存。美、苏、法搞了原子弹、氢弹还不过瘾，又加紧中子弹的研制。日本、西德、巴西、智利等二三十个中小国家也不甘示弱，企望尽快在本土升起核太阳，挤进世界核俱乐部去。疯了，那些首相、总统全都失去理智了。他们准备集体自杀，几十亿人陪葬。这是人类史上，比冰河期更大的灾难。

灼热的山风像狗舌头不停地舔，舔得人心里发躁，光想找谁干上一架，用中国式的武术踢裆，用欧洲式的勾拳揍下颚。可没人跟你对打，班里的人都在看报纸，一人一张。

龙八一翻来覆去地看，连报缝也不放过，报纸在他手里被抖得呼啦啦乱响。我知道他在找什么，他在用他灵敏的嗅觉闻战争的味儿。任登宝看上两眼报便往后一仰，靠在床帮子上养会儿神，一边舒服地搓着有脚气的脚丫子，嘴角不怀好意地挂着笑，时而一个鸡屎嗝顶风而来。冷小毛看报最规矩，正襟危坐，一只纤细的手在字里行间庄严地移动。刘金锁则将报纸摊在地上，弯腰撅腚地捏着报纸边缘，两个颇有灵性的指头习惯性地搓动着，像在摸子儿。

"咕——"屋外响起了啼叫声。龙八一适时地打了个哈欠，这是星期三晚上法定读报时间结束的信号。哈欠未止，放哨的战士冲进来，气喘得像蛇吐信子："班……班长，黄茅山上……连续出现信号……号弹。"

连续？龙八一纵身跳起蹿出门去。我们随之涌出屋子，只见黄茅山上升起黄绿红三色信号弹，过了一会儿又是三发。龙八一计算了一下，间隔约有五分钟。过去我们只见过红、绿两种，今晚居然还有黄色。三色信号弹的弧线跃动着,切割着沉闷湿热的夜空,使这个夏夜顿时生动。

突然,龙八一爆发式地喊道:"抄家伙!"

龙八一要搜山,可我们炮班正副班长才配备的两支冲锋枪在哨兵手里。龙八一进屋抄起那把小指挥镐,从枕头边摸出夜空跳伞时用的手电筒。于是,全班人也纷纷去摸手电筒,或持锹,或执锄。

任登宝问:"班长,我呢?"

"你?"龙八一忽然想起他下午放哨时踩翻块石头崴了脚,说,"看家看家,其他人跟我走。"

一小队人摸黑直向黄茅山扑去。瞧我们手里抄的家伙,别人会以为这是支开山垦荒队。

11

今夜没有月亮,深蓝色的天穹上洒着一片金箔碎屑般的星星。星光里群山朦胧。群山均衡的黑色流体曲线的一端,陡然跳起道波峰,那就是黄茅山,位于西营区西南边三里多远的地方,上下也只要一个多小时。

我们磕磕绊绊地跑到山脚下,信号弹没有了,只有那不知是禽还是兽的啼叫声越来越响,瘆得人腿直发软。龙八一止步,转身向大伙规定:"口令——龙;回令——王(小子,把我俩的姓抠出来当口令)。不准随便打手电,拉开距离,保持肃静。上。"

五个人一字排开往山上爬。山上茅草及膝,根本没法肃静,抬腿落脚,晒得干硬的茅草便发出金属之声,哗啦哗啦,恍如满山都是人走动。坡上疏密无致的黑松,蓬蓬伞状树冠投下大片阴影。

我心里虚虚地走着，有个黑影向我靠过来。我压低嗓门，"口令？"

"我，不对，龙。班副是我。"

我低喝一声："冷小毛，拉开距离。"

他离我远些了。可是，不知不觉他又和我并起肩来。我没再撵他。想到冷小毛的胆怯，一种责任感倒使我胆气顿壮。

快爬到山顶时，依旧什么也没发现，只听见山顶上传来一问一答："口令？"

"龙。咋呼什么？回令？"

"王。"

"咕——"许久没响的低沉而摄魄的啼叫，突然在我们头顶响起。

冷小毛一声惊叫："谁？"我们俩几乎同时看见面前一株树皮如鳞片似的黑松枝间，闪烁着两粒鬼火般阴森的绿光。冷小毛不顾一切地按亮手电筒，光束直指向那两粒绿光。我刚看见那张覆羽淡褐的躯体上的猫脸，它就一个俯冲过来，扑啦啦一阵强劲的腥风卷过去。冷小毛"啊呀"一声，乱步跄跄地跌进我们刚绕过来的那个陡坡。人滚石落草动，一路向下响去。

"快来人啊，冷小毛摔下山了。"我也顾不上肃静了，扯起嗓门就喊。

龙八一他们摸了过来，跟着我往山下找去，一路呼喊："冷小毛，冷小毛……"

冷小毛四肢大张地躺在山腰的一个雨淋坑里，昏厥不醒，脸上几道擦伤的血痕。

龙八一问："怎么搞的？"

第三想象综合征

我惊魂稍定,想起那只飞禽,说:"叫猫头鹰吓着了。"

"屁用。"龙八一骂了声,说,"班副,他这是太紧张了,你先回去让任登宝给他熬点冰糖水喝。"说罢,他弓腰背起冷小毛。

我拿着把锹,拔腿就往山下跑,跑到离宿舍还有二三十米远的时候,就听见屋里传出一阵嬉笑。我停下听听,笑声消失了。再举步,笑声复起,且笑得短促而快意。我纳闷那小子一个人在屋里发什么神经?遂踮起脚悄步走到窗前一看,他躺在床上架着二郎腿,跷起一只脚尖拨弄着床头挂毛巾铁丝上的一个物体,嘻嘻地笑出声儿。拨一拨,笑一笑;再拨,再笑……细瞅瞅那铁丝上的物体,我就愣了,是件半截子花布小胸衣。

那会儿即便是城里姑娘也少有胸罩,大多都穿件紧身的短衣勒住胸部。我立刻就想起那个挺像贝玲的姑娘和她家屋前竹竿上晾晒的衣服,立刻就失去了全部的理智。

可是我像被愤怒点中了穴位似的,身子定在窗下动弹不了,眼看着他还拨,还笑。许久,我全身经络才通了。我像只被惹急了的狗,嗷嗷乱叫着冲进去,直扑他床前,倒抡起锹把,照这小子就劈了下去。"咔嚓",锹把砸在床帮上断成两截。虎口裂痛尚在,我重又抡起半截锹把。任登宝一骨碌爬起跪在床上,向我伸来低垂的脑袋。半截锹把在我右肩上方颤抖了好久,竟慢慢垂落下来。我手一松,锹把哐啷掉地上。

我走到窗前,望着屋外的夏夜,只觉得群山曲线波动如流,疏朗的星辉糊成一片混沌的光斑。我发现自己哭了,颗粒饱满的泪水扑簌簌掉得特欢实。可我说不清为什么哭,或许是几年来的孤寂、压抑、郁闷终于找到了一个泄口,才这样不吝泪水,哭得无声却痛快。

黑暗里传来龙八一呼呼的喘息声。我抹抹眼泪，没回头，说："去给冷小毛烧碗冰糖水。"

一阵踢里踏拉的脚步响到厨房去了。

龙八一进门将冷小毛放到床上，一转脸就看见地上的断锹把，便瞅住我脸，"你们在干什么？"

"没干什么。"

他狐疑地盯着断锹把，想问又没张开口。

"别问，问我也不会告诉你，那小子入不了党还得做人。"

令人神志迷乱的西营区之夜啊！

12

冷小毛没事儿。第二天一早都还没起床，他就蹦跶下地，整铺，扫地，给大伙儿打洗脸水。

龙八一看见了，一块石头落地，侥幸不已地说："白搜趟山倒不要紧，要摔坏一个我这班长可就当到头了。"

八班也到头了，它已经脆弱得经不起任何一个事故的打击。

龙八一还想再睡一会儿，冷小毛却撩起他的蚊帐，俯身说道："班长，我昨晚琢磨了一夜，这些信号弹跟丢砖瓦绝对有关系。我们太傻，又潜伏又搜山的，不是那么回事儿，阶级敌人肯定挖了条地道通到西营区，我们要紧的是赶紧找到地道。"

龙八一一听，"有道理。"翻身下床，喊道，"起床了起床了。抓紧时间洗漱开饭，吃完饭全班出动执行一个重要任务。"

任务布置下去，刘金锁快活地拍拍冷小毛脑袋，"行啊，这玩意儿好使。"

第三想象综合征

任登宝十分嫉妒地望着冷小毛，嘟囔着："怎么就叫他想到了。"

大伙儿拿着锹、锄、镐、扁担，一人占据一幢营房，从东到西，逐幢逐屋地捣着三合土的地皮，笃笃，笃笃……跟鬼子进庄找地道一样，一边还喊着："出来的有，太君良民的不杀……"

有那么会儿工夫，我真被大伙儿的热情感动了。看着他们那么认真地寸地必捣，想到到今天为止，我们在西营区正好整整两年，但无一误哨、漏哨，不觉就乐出声儿来：八班是死人放屁啊，有救。

这时，刘金锁在五幢九室穷喊鬼叫："找到了，在这儿呢，在这儿呢……"

我们都跑过去。他很神气地用扁担使劲敲门后那块地皮，"咚咚咚"，空音。"怎么样？是我找到的。"他激动，大伙儿也激动，一起喘不上气来。

龙八一眼珠子倏地就贼亮，"挖！"

顿时锹镐一齐上，铁器叮当，土块飞溅，半个钟点就刨开三合土地面，下面露出墙基边的土没夯实而沉陷下去的一个深坑。

一种被欺骗的感觉把我淹没了：荒唐，我们热情的根本就不是地方。

"填上填上。"龙八一比我更沮丧，他似乎也明白过来了，说，"填完就回去吧。"

下午又轮到我和冷小毛放哨，照例是由南向北游动。走着走着，我就发现冷小毛不对劲儿，小脸蜡黄，神情呆滞，眼珠子发直。他盯住只蚂蚁，或者蟑螂，眼皮儿许久不眨一下，嘴里呜呜噜噜地叨叨着："快了，肯定快了。"

"小毛,什么快了?"

"核大战哪,你不知道?从日本广岛被炸到现在快三十年了,三十年一个周期,历史是很规律的。美国有个国防部长叫麦克纳马拉,一九六九年他就估计过,可能在七十年代初期发生全面的核交战。你信不信?"

我愣了愣神,说:"歇歇。"

两人一起躲进墙角的阴凉里。

望着这百多幢孪生兄弟般的营房,我想,它们默默无言地窝在大山的褶皱里,却又无时无刻不在提醒你:核战争。置身其中,你没法拽住自己的念头不跟它的提醒走,在冲击波、光辐射、沾染物的阴云下,走得惶恐不安,很累很累。其实我们谁也没见过原子弹什么模样,全是自我想象:身子滚圆,像颗大炮弹。可我们谁不熟悉它那令人绝望的威力呢?在大街的橱窗里,在一遍遍放映的纪录片中:炽烈的闪光后,蹦出个比太阳辉煌一千倍的火球。火球在空中翻滚着,膨胀着,绚丽夺目地裂变出紫罗兰、雪青、橘红、鹅黄的色彩,最后化作一颗藕灰中透着莹碧的蘑菇烟云,硕大无朋。热辐射卷起灼浪火风,血潮般迅猛向前推进。所过之处,钢筋桥梁、水泥建筑、坦克车辆……柔若无骨地酥软了,融化了。距爆心二十多里远的一只猴子,被灼得面目狰狞可怖,一片片往下掉着皮毛、肉块。

可这会儿我总觉得原子弹还没释放出它巨大的能量之前,人就已经被它击垮了。

吃晚饭时,冷小毛端着饭碗凑到我身边蹲下,两眼毫无神采地四处张望一番,然后便鬼鬼祟祟地咬我耳朵根:"班副,你知道那次跳伞我为什么不跳?"

我摇摇头。

他又凑上来点儿，汗水黏黏的胳膊挤住我，"你不大说话，但我看出你心眼儿厚道。"

我笑了，他这样看我，任登宝又那样儿看我。我到底什么样？

"你别笑，真的。我就信得过你，所以我把这个秘密告诉你，你保证不能传出去。"

噙着一大口饭在嘴里，我没法说话只好点头。

"我那具降落伞的伞绳，被张教员偷偷挽了个死扣。他不喜欢我，说我女里女气的恶心。我看到了，但不敢说，所以才不跳。死扣伞能开吗？跳出去不是白送死？"

我使劲咽下嘴里的饭，不得不告诉他："你有病了。"

"你才有病呢！早知道不跟你说了。"他气急败坏地跳起来。

我忙赔笑，"说着玩嘛，你那么认真？"

我将冷小毛今天的异样状态反映给龙八一，他也很吃惊。我们俩一合计，决定哄他搭乘明天送给养的车去师医院看病，由我陪同。

师医院的几幢平房掩映在一片白杨林里。

我让冷小毛坐在医院走廊的长椅上等着，自己先进了诊断室。屋里有股很好闻的来苏儿味儿，迎门的桌子后面，一位年轻的女军医庄重过分地端坐着。见我进屋，她劈头就问："你哪儿不舒服？"

"我哪儿都舒服。"

"那是上这儿找不舒服来了。"

或许她认为这很幽默，说罢便得意地笑起来。这个长相平庸得恰到好处的女军医一笑就糟了，她的面部绝对经不起微笑、蹙眉、咧嘴、打喷嚏引起的五官变形。可她医道似乎还不赖，我刚将冷小毛的情况向她作了介绍，她马上就诊断出可能是谵妄。

"什么叫谵妄？"

"精神分裂症偏执型的一种临床表现，患者凭空产生一些怀疑念头，而怀疑的依据均属无稽之谈。而患者所有的胡言乱语，都是围绕着一个虚幻的情景臆造出来的，因此……"

她随手从抽屉里拿出一本大部头的《精神病学》来，说："现代医学上称之为第三想象综合病症。"

我一听，坏了，"医生，我也有病。"

她笑起来。

又笑，你不知道自己根本不适合笑吗？

她说："你没有。"

"有。"我心想我们许多人都有。

"别跟自己过不去，看你眼睛就能看出来。从我们部队的患者情况看，基本上发病原因都与没有树立无产阶级世界观，受资产阶级思想和封建小生产者观念影响，心胸狭隘，目光短浅，不能正确对待荣誉和批评，个人患得患失较为严重有关系。"

"嗨，医生你也有病哩。"但我没敢说出来，和冷小毛一样，有这种病的偏不肯承认自己有病。我问："这病传染性很强？"

"不。"

"请你再查查这本书，我看它传染。"

"决不会，但有遗传性。"

"噢，这就对了。"

"什么对了？传染与遗传是两个概念。"

"但它们相近似，你能说一定没有？"

"好啦，别贫嘴。你把他叫进来。"

第三想象综合征

冷小毛进来，畏畏缩缩地坐下。女军医也不检查他，只有一搭没一搭地和他神聊，绕着圈盘问他的喜好与性格类型，有没有精神病家族遗传史……

我被她搁在桌角上的一份《参考消息》吸引了。在西营区可看不到这玩意儿。报纸是前天的，第三版上有篇美国的一位长期战略问题预测专家对当前世界军事形势的评论。

专家评论说：“如今这些核武器拥有国，就仿佛一群半大小子站成圈持枪对峙，谁也不敢先搂火，谁先搂火都会在一场旋即发生的混乱枪战中被击毙。于是，他们各自望着自己的对方，脸上很不自然地微笑。时间长了，笑得竟也自然了……当然，苏联拥有较大的核优势。在中苏长期僵持的今天，我们从极端处设想，克里姆林宫真的要孤注一掷，那么它完全有能力在第一次突然性核打击下，将中国的大部分核装置和重要军事基地摧毁。但任何一场战争，最后总是由人来结束的。被激怒的几百万骁勇善战的中国军队，将会像黄色潮水般漫过西伯利亚的荒原，无情地淹没拿破仑、希特勒都没能征服的莫斯科……”

真精彩！它能将我们两栖团长所有的国际军事形势教育震翻个跟斗。一通百通。就在这间弥散着好闻的来苏味儿的诊断室里，当这个病人正认真地为那个病人诊断治病的时候，我悟性顿开，倏忽间就明白了妈妈为什么翻来覆去地给我吟诵那段《广岛浩劫》。

"手舞足蹈地干什么？差点打碎我的体温计。你先回去吧，他要留下来住院观察。"

"我不住院，我没病，干吗住院？"冷小毛大吵大嚷，眼睛古怪地熠熠放光。

"没病没病。"女军医哄孩子似的慢声慢气劝他，"留下几天只不过是要给你全面检查一下身体,并不是有病才检查呵。不要任性,啊?"

冷小毛安静下来,看到我要走,又可怜巴巴地喊我:"班副,过几天你来接我啊。"

然而,几天后我没去接他,因为师医院将他转到另一片山区的一所部队医院,那里专治精神病的。听说那个医院床位很紧张,冷小毛好不容易才住进去。

13

我们依旧游动不止,像几条瞎驴围着西营区这个大碾盘推碾子,守卫着这座没人攻击却又无论如何守不住的营区。

六十四幢又少了几块砖。

信号弹倒是有些日子没见了。

猫头鹰的咕声还是那样富于穿透力。

星期三晚上照旧是法定的读报时间。

任登宝的鸡屎嗝臭味儿略减,因为上次给养车忘了捎鸡蛋来。但最近这段时间他老躲着我,我想跟他说我并不是什么事都能记住的人,可老没机会。

从刘金锁越动越快的手指上,我寻思着他的盲棋已经功夫不浅了。昨天他正式给连队写了份报告,坚决要求年底复员。这是我没想到的,我一直以为他在西营区过得很自在。

龙八一将一个星期的报纸翻了个遍,哗啦啦地响了半个多钟头,然后沮丧地叹了口气,"唉,连一点动静都没有。"

我一旁幸灾乐祸地说:"打不起来喽——"

第三想象综合征

"你不懂军事。"他反应极快地驳斥我,那两腮凹陷得割下他的屁股蛋也填不平了,他坚定地说,"原子弹造出来就是用它打仗的。"

剿灭他人最后一线希望,实在说,不厚道。可我那会儿不知怎么就变得异常冷酷,亢奋地扼住他的企盼,快活地痛打他的七寸,说:"我们蠢就蠢在这里,只看到原子弹毁灭性的一面,没看到原子弹它也是用来维持和平的。听说过恐怖均衡这词儿吗?原子弹的出现,从某种意义上讲,使世界有了稳定的砝码。它不仅改变了全球性战略,也迫使人类学会清醒、明智、客观地认识自己,认识世界,从而才不敢将战争,尤其是核战争视为儿戏。如果不是原子弹,恐怕第三次世界大战早打起来了。"

"诡辩,哈哈,诡辩。你跟冷小毛一样怂包,害怕核战争,让原子弹吓住了。"

"冷小毛不是被原子弹吓得,能毁灭人类的也绝不是原子弹。"

"是什么?"

"你自己去想吧。"我心想,十二岁我就开始思索,已经想了整整十年了。你龙八一的脑袋也不是光喂大米饭的,该转转筋了。

我说:"我可以给你和大伙儿背一段文章听听,它记录的是原子弹爆炸后一个月的广岛。在全城的瓦砾堆上,在沟渠里,河岸边……"

我看到报纸从龙八一手里飘落;刘金锁从盲棋中抬起头;任登宝使劲憋回一个鸡屎嗝。

我继续背诵道:"到处是矢车菊和麟凤兰,牵牛花和萱草……"

1987.6.1 于栲栳岛

(发表于《解放军文艺》1987 年第 12 期)

人在地隅

权当序言

如果不是这次意外发生,谁会想到去写她呢?她太普通了,几十年与风沙为伍,已经灰发覆首了。她的履历表上"曾受过何种奖励"一栏里,依旧是空白。虽然她从事于一项光荣的事业,并为此付出了巨大的代价,可直到她所献身的事业已闪耀出夺目的光辉,振奋了整整一个民族,惊动了偌大的世界时,她也没负任何声名。但是,基地的同志们却每每怀着一种特殊的感情向我谈起她。司令员更是不止一次地对我说:"写写她吧!告诉人们:我们军队里有这样一位女同志……"

第三想象综合征

一

直到北京时间 22 点，夜，才从那远远的边山蹒跚走来，一路上用无边的黑纱遮盖着赤身裸体的戈壁滩，真让人疑惑连夜神也不乐意在这样的地方留宿。可今晚却是难得的宁静。蒸腾了一天的暑气渐渐散去，空气变得清凉起来，用力吸上一口，能闻到戈壁土地特有的腥味。晚风微微吹过，传来远处游牧人家牧犬的吠声。地旷显得天低。悬耀在深蓝色天穹上的星星，亮得仿佛踮踮脚尖就能伸手抓它一把。不多会儿，山巅上挑出一轮行将满盈的月亮，清辉含冷，其色如霜。即使在这人迹罕至的天涯地隅，月夜依然是迷人的。

只是，并非所有生活在这里的人都有这种雅兴，起码她就没有。这个上了年纪的女军人一身旅尘、满脸倦容地坐在驾驶员身边的座位上，由于车身的剧烈颠簸，不得不紧紧抓住胸前的车把手。她丝毫没曾觉察出白昼与夜晚何时交接的，也没能留心什么时候星儿亮了，月儿明了。中午，她接到电报就坐上这辆"北京"吉普，追风逐电般往基地赶，路上总寻思着这份电报。当晚风裹着寒气扑进车窗，吹得她打了个冷战时，才发现天已黑了。

电报是司令员打来的：柳英速回基地。

什么事这么急？去发射场参加这次改装后的导弹试射才半个月，作为基地制导教研室的教员，需要在试射的准备和实施过程中，检查、观察导弹的工作情况，测定几个相对运动参数。4 天之后就是试射的日子，急电召回是何用意？试射日期要推迟？不对，推迟也不会通知她单独回去；是另有新任务？不会，目前基地的唯一任务就是保证试射成功。会不会是与个人有关的私事呢？莎莎上个月刚来过信，告知家中一切都好；他去C号地区勘测新基地也快回来了，还会有什么事呢？算了，不去想它。可电报偏偏像飘落在旋风中的秋叶，总在脑子里转，她烦躁得不觉"唉"出声来。

司机一旁问道："颠得厉害吗？那我慢点开。"

"不。"她拦住说，"请再快点。"

车像个顽皮的孩子，蹦蹦跳跳地跑起来。磷光莹莹的车速表盘上，指针由60迈压向70迈。

基地门卫的绿旗刚挥下，车子已消失在营院深处。车拐几个弯，"吱"地停在宿舍区第五幢平房边。她跳下车，拎下后座上的小旅行包，目送车子拐向车库方向，这才转身朝这幢平房的尽头走去。她想把旅行包先放到家里，然后再去司令员那儿。可没走几步她就发现家里亮着灯。嗯，他回来了？打从他被调到科研室负责研究设计工作以后，两人就不常在一起，可像这次这样长时间的分离还没有过。这些天不知为什么想他想得厉害，总怀着盼归之情。在那荒凉的地方奔波了两个月，不知他这会儿都成什么样了。想到这里，她不由加快了步子。

脚步声踢踢踏踏地在基地党委会议室响了起来。此时月挂边山，一个紧急会议结束了，像这样的带三个"△"号的会议，在基地的历史上屈指可数。

昨天上午10点，柯大光和两名测绘员在C号地区测定最后一个图根点时，遇上了大风沙失散未归。风停之后，勘测队全体出动，连夜寻找。今天上午在距驻地10公里处，找到两名昏迷不醒的测绘员，柯大光却一直没有下落。

基地党委紧急会议决定：请求航空兵部队派飞机，协助寻找已经失踪30多小时的柯大光，同时加强地面寻找力量。

司令员鲁震东拖着沉重的双腿回到办公室。

这是基地办公大楼三楼左首尽头的一个大房间。从昨夜起他就守候在这里，根据测绘人员失踪时间的风向、风力，和参谋人员一起分析、设想种种可能，部署寻找方案，向C号地区频频发出询问和指示电文。困极了，他就在长沙发上迷糊个把小时。这会儿他一进门就抓起大号红蓝铅笔，"唰唰唰"地迅速拟了份电文，就着嗡嗡响的大嗓门喊了声："赵参谋！"

一位年轻精干的参谋应声跑进来。

"把这份电报发出去。让群联科火速给我找两个熟悉C号地区情况的民族同志来。通知警卫连派两个排，卫生所派两名医生，做好寻找救护准备，待命出发。"鲁震东一口气下达完命令。赵参谋刚要走，他问道："柳英什么时候能赶回来？"

赵参谋看看表："再有一小时差不多了，到时我去请她。"

"不不，"他沉闷地，"还是我去找她。给我根烟。"

"司令员，您的气管炎……"

"顾不得那些了！"他烦躁地吼道。

赵参谋忙从兜里摸出盒烟，抽出一支，想想又塞回去，说："您等等。"他转身出门，不大工夫就回来了，递给鲁震东一盒"天山牌"过滤嘴香烟。

鲁震东点上戒了五年的香烟猛吸一口，冲赵参谋挥挥手："赶紧去落实吧！"

鲁震东在沙发上坐下，吐出一大口浓烟，乳白色的烟云渐渐弥漫开来。透过烟的薄云,他充血的眼睛盯着对面占据了整整一方墙壁的分幅编号军用地图。图上那块不知看过多少遍的硕大刺目的橘黄色,让他冷峻森森的古铜色脸盘上,腮帮肌肉神经质地抽动起来。他心里恨恨地骂道:这操蛋的气候,拿它硬是没法儿。往年都是春秋多风,谁见大夏天也刮起这么大的风?一刮就是七八级,真是见鬼,真想生吞我的人哪……当初真不该同意他去勘测,多好的同志,基地最出色的制导专家。昨天北京还打来电话,对他DK-3型导弹制导系统的设计表示非常满意,找不回他我怎么向上级交代,又怎么对柳英说?

一想到柳英,他的心脏仿佛被一只强有力的手指猛弹了一下,疼得浑身一哆嗦。他很清楚,遇上这样的大风,搁谁都是凶多吉少,但他会不惜一切代价地去寻找。这种焦灼如焚的心情,固然有柯大光生命、才干的价值和领导者的责任等诸种因素,说句实话,更多的是为了柳英。刚才在紧急党委会上,他就差点提出"为了柳英而寻找"的口号来。这个基地最资深的女军人,其一生就像这戈壁滩,看起来一马平川,走起来步步坎坷。如果在她行将晚年之际,还得承受这种精神重击,命运之公理何在?

今天上午,他和政委就是否把这件事告诉柳英,发生了小小的争执。政委的意见是暂时对她保密,免得她过于悲伤影响工作。而鲁震东则坚持认为:她多次经受过考验,是我们军队少见的坚强女同志,我们要信得过她。

电报发走后,鲁震东又有些不安。是的,她是坚强的,可她毕竟是他的妻子,一旦失去自己饱尝痛苦之后才寻觅到的幸福伴侣,她会怎么样呢?他委实想不出。

鲁震东心烦意乱地捻着烟卷,起身来到敞开的窗前,俯瞰着浸泡在月色里的基地大院，任凉飕飕的晚风吹拂他燥热的心胸。

黑黢黢的钻天杨、胡杨林带，环抱着这个半训练半科研性质的军事单位的建筑群。纵横交叉的柏油道上，路灯像一道道闪亮的虚线，勾勒出教学区、科研区、宿舍区的方形轮廓。营院布局的严谨、规范，如同分列式队形，齐整中见威严。

平时稍有闲暇，鲁震东总喜欢倚窗鸟瞰。这个荒漠中崛起的基地，渗透了他的心血，他为之骄傲，为之陶醉。可这会儿他对这些浑无知觉的建筑没一点兴趣，满脑子他他他，她她她……

一九五八年初秋，师参谋长鲁震东从内地带了一支先头部队，乘军列向西。一直行驶了五天五夜，部队在一个只有一名扳道工的小站下了车。然后又步行十多里路，在戈壁滩上扎下一片帐篷，筹建起导弹基地来。

鲁震东中军升帐，在一顶大帐篷里支起行军床，垒起文件箱，坐在小马扎上办起公来。

勘测发射场的小队派出去了。

物资、装备一批批运到了。

后续部队也开进来了。

鲁震东心急如焚，一天几遍催问干部科的人："王运林怎么还没把人给我接来？动作这么慢还搞现代化？再给你们科长发个电报，我急等懂行的，越多越好。我是饭店掌柜的，不怕客人多。"

这个只上了几年步校的参谋长，虽然战场上闯荡了十几年，能闭着眼拆装各种枪支，精通迫击炮、榴弹炮、高射炮的构造和效能，可从没见过导弹。听说这玩意很神秘，会自动跟踪目标，能把几千、上万英尺高的飞机给揍下来。真是不赖啊。他从《内部通报》上得知：美帝、蒋军的高空飞机不断蹿入我国领空侦察、骚扰。没有导弹我们只好干瞪眼、瞎着急。现在再想用三八式打飞机就是笑话啰，导弹才是镇天石。现在我们也搞出自己的导弹了，需要迅速地建立训练发射基地，培养能熟练使用这种新式武器的导弹兵。现在万事俱备，就差一批懂业务的导弹教员了。

又过了几天，去接人的王运林旅尘仆仆，急如星火地闯进鲁震东的帐篷："参谋长，我回来了。"

"好。给我拉来多少人？"

"二十三。差一个没凑成整排。"

"行，暂时够用了。怎么样？个个懂行？"鲁震东有点不放心似的问。

王运林得意地回答："瞧您说的。导弹我没见过，人头我还数得过来。毕业成绩80分以下的，我一个不要。参谋长，这些可都是啃了五年导弹书本的呀！"

"嗨，一帮钢嘴铁牙。"鲁震东"呼"地掀掉披着的大衣，手上的红蓝铅笔"啪"地掼在文件堆上，兴奋地说："走，看看去。"

出帐篷不几步，就听远远地传来操着不同口音的说笑声。嗯，怎么回事？鲁震东支棱着耳朵，专注地听了会儿，问："还有女的？"

王运林扬了扬巴掌："不多，就五个。"

鲁震东的眉宇一下拧了起来，浓眉变成两柄斜插的利剑。他冲着王运林吼："扯淡！我这儿一没商场，二无公园，你要姑娘们干什么？啊，你说，你干什么吃去了？"

"参谋长，"王运林讷讷地解释说，"不是我要的，是分给……"

"分给你你就要？你不知道我这儿是戈壁滩？我要的是大老爷

们，女学生我侍候得了吗？"

幸好这时秦参谋送来一叠紧急电报，才给王运林解了围。鲁震东就地盘腿打坐，批阅起电文来，一刻钟后才起身前行。

停车场上，卸下一堆堆皮箱、背包、网袋……基地的同志正帮大学生归拢行李物件。车场边上，一群官兵簇拥着一个佩学员符号，戴着玳瑁边眼镜的大学生，正听他解释："导弹，其实就是一种无人驾驶器。它采用火箭发射原理，本身带有动力装置和战斗部。"

"啥叫战斗部？"一个战士发问。

"通俗地说就是弹头，起杀伤作用。"

"它真的能自己撵飞机？"又一个战士吃惊地瞪着眼睛问。

鲁震东站到人群后，背着手饶有兴趣地听着，一边打量着他：略嫌赢弱的细高身材，瘦削而清癯的面容，斯斯文文的谈吐中带着几分腼腆。不知怎么的，鲁震东适才烦躁的心情一下子好起来，变得热烈的目光追随着他的一举一动。

大学生用中指拱拱眼镜的鼻架子，微微含笑地说："是的，因为弹体上有一套制导设备，相当于飞行员的作用。"

人群里叽叽喳喳议论开来："乖乖，真神！"

"可不，这玩意儿就是厉害。"

"哎，听说这是洋人发明的东西。"

大学生很认真地纠正说："不全是，火药就是中国发明的。火箭是在火药的基础上发展的，公元十世纪时，我们的祖先就把它运用到军事上，三百多年后才传到阿拉伯，传到欧洲就更晚了，因此，发射的发明权是属于中国人的。导弹也并不是多么神秘的东西，我们的祖先能发明火药，我们就一定能掌握导弹技术。"

"说得好。"人群后的鲁震东忘情地叫道。

战士们回头一看，人群立刻闪开条道。

大学生一见鲁震东的年纪和战士们敬畏的神情，知道是基地首长，忙上前敬个礼。

王运林向鲁震东耳边低语道："他叫柯大光，是我和空军研究所的人磨了很久才要来的，成绩最棒了。"

鲁震东连连点头，对柯大光说："讲得好，说下去，说下去。"

年轻的大学生脸一下红了，他不好意思地扶扶眼镜框。

也凑在人堆里听讲的小个子管理科长心眼活络，一看鲁震东来了，赶忙挤上前去，敞开嗓门吆喝道："大学生同记（志）们集合！"

到底是军事学院出来的，一听到口令，大学生们四下汇拢来，迅速成两列横队。目睹此状，鲁震东很满意。

等口齿不太清楚的管理科长报告后，他往队前一站，声高气足地说："同志们！请稍息。我代表基地的同志欢迎你们。你们不怕艰苦，来到这鬼不下蛋的地方，你们都是好样儿的。男同志是硬汉子，女同志也……嗯？"鲁震东的话突然中断，他目光灼灼地从排头扫到排尾，从前排又扫到后排，扭脸问管理科长，"人数不够嘛。"

管理科长这才发现五名女同志不在队伍里。他冲汽车那边围观的人群喊道："几位女同记（志）呢？"

人群里有人搭腔："我看见她们往那边去了。"

"扯淡。"鲁震东脸一黑，向队伍一摆手，"不说了。管理科长，马上把她们找回来。"他抬腕看看表，"限你一刻钟。"

管理科长向一位战士指点的方向踮脚望去，哪有人影啊，不定跑出多远呢，这帮丫头片子。他瞥了眼鲁震东，不敢怠慢，忙钻进

第三想象综合征

一辆嘎斯车,一迭声地催促司机:"快快,那边。"

十分钟过去了。聚集在停车场上的人们鸦雀无声,队伍里的大学生们更是面面相觑,好厉害的参谋长!

鲁震东在队前来回踱步,牛皮鞋踩得戈壁滩吭哧吭哧响。

又过去了五分钟,几乎所有的人都屏住一口气,不时有人偷偷看一眼自己的表。

终于,远远地那辆嘎斯卡车出现在人们的视野里。车子发疯般狂奔过来,还没停稳,管理科长就跳下驾驶室踏板,踉跄了两步稳住身体。他扭身朝车上招招手:"快点快点!"然后一步紧似一步地向鲁震东跑过来,气喘吁吁地说:"报告……参……参谋长,准西(时)完……成任务。"

五个女军人笑微微地走过来,一瞧眼前这气氛,忙收敛笑容,低眉垂手地躲在管理科长身后。鲁震东几大步跨过来,用手拨开管理科长,一言不发地盯着她们。这些女军人抬头看一眼赶忙又低下:哟,好凶的眼光。她们不知犯了什么过失,哪里激怒了这个长得黑塔似的上司。

其中一位姑娘壮了壮胆,跨上前一步,利索优美地打了个敬礼,用夹着苏南口音的普通话说:"报告首长,我们来晚了。"

"不晚,吃中饭正赶趟儿。"

"轰——"围观的人群一阵哄笑。

鲁震东威势逼人地扫了人群一眼,笑声顿收。

"是你领的头?"鲁震东压住火气问她。

"嗯哪。"她肯定地点着头,表情纯真地望着鲁震东。

在这几个梳着一式短发的姑娘中间,她显得那么出众:适中的身材,丰满娇美,大概是刚才在车上被风吹过的缘故,娇嫩的脸庞白里泛红。

鲁震东心想：怪事，她的五官怎么就长得让人挑不出半点毛病呢？这么漂亮的女人也懂导弹？

"你们干什么去了？"

"听说戈壁滩上就数沙枣花美，我们想找一棵看看。"

她要不说还好，这一说，鲁震东已消了一半的火"呼"地又蹿了起来。军人就得像个军人样，什么花啊草的，他平生最见不得的就是采朵花掐根草的兵。

"愚蠢。现在是沙枣开花的季节吗？你们满戈壁乱跑要迷路的，知不知道？到那时不要说花找不到，连你们的小命也找不回来了。一个个不知深浅，戈壁滩是好玩的吗？一场大风就能把你们全吞了，全吞了也不够给大戈壁塞牙缝的。在这荒无人烟的地方，无组织无纪律是决不允许的。坐了几天的车还有劲找花去，我毫不欣赏你们的情调，小资情调。你叫什么名字？啊？怎么，你……"鲁震东猛地刹了"车"，他看见两颗泪花正在她眼里打转转。

站在她身后的一个胖嘟嘟的姑娘，怯生生地代她回答："她叫柳英。"

"噢，柳英同志，我说话不太中听，你不必在意。算了，你们都到队列去。"然后，他又继续那没说完的欢迎辞，"别看我刚才批评了几个女同志，打心眼里说，我非常欢迎你们。你们是国家的人才，基地的宝贝疙瘩。到这里来，不要感到委屈。我也不遮遮盖盖，实打实说，这里很艰苦。你们都看到了，房无一间，树没一棵，连草都不长。可我们是搞导弹的，哎，就不怕戈壁跟我们捣蛋，我们非要在这儿建设出一个现代化基地不可。"

说到这儿，他偏身向大戈壁挥臂画了个半圆，豪迈地说："瞧这儿多宽多广，这才是干大事业的地方。是骏马，在这里奔；是雄鹰，在这里飞吧！我的话完了。下面由管理科长给你们分配帐篷，安顿下来抓紧吃饭，休息，明天我们就去开辟发射场。"

第二天一早，一列浩浩荡荡的，由卡车、导弹牵引车和各种特种车辆组成的车队，鱼贯驶向戈壁深处。

一辆吉普车追上来，贴着车队的边沿往前赶。

坐在吉普车后座上的鲁震东裹着大衣，被颠得摇摇晃晃。他透过玻璃窗望着这支庞大的车队，倾听着机械与钢铁的交响，一股庄严感在胸中翻涌。这个从沂蒙山游击队走进野战军行列的老兵，曾指挥过团的战斗，后来又在师的岗位上工作多年，看惯了自己身边徒步行军的队伍，从没想到有一天能率领一支钢铁组成的部队。那躺在牵引车上的圆家伙，像冷藏车似的雷达车、指挥车、器材车……使他感到既陌生又充满吸引力。他正是年富力强之际，后半辈子能赶上这样的挺进，真是欣慰得很。

"咯咯咯……"一串女性的笑声，带着极强的渗透力从一辆篷布卡车上传来，飘入鲁震东的耳朵眼。他听出来了，笑得最响的是柳英。

姑娘们的笑，给这黄浊浊的瀚海带来欢乐，使这病恹恹的戈壁有了生气。鲁震东发现连司机都受到了感染，嘴角也咧着往上翘。他心里哼了一声：笑，往后你们不哭鼻子就是我鲁震东的福气了。

不是鲁震东对女人有什么偏见，他深知这里生活的艰苦性，不是一般人可以抗得住的。

车队跑了一整天，傍晚才到勘测队钉下木桩的地方。这里视界开阔，一眼望出去全是鹅卵石、沙子覆盖的硬壳地表，荒凉得如同置身在另一个星球。几只栖立在沙石堆上的苍鹰，被这骤然涌来的轰响惊动，一抖灰黑的双翅扑啦啦飞走了。一群肥硕的地鼠也吓得四下乱窜。

车队一停下，这块沉寂了几万年的蛮荒之地热闹起来，到处是忙碌的身影和五湖四海的口音。

一排排帐篷搭起来了。

一堆堆篝火燃起来了。

一缕缕饭香飘起来了。

大戈壁呀，终于有了个鼾声呓语的夜。

二

门，虚掩着。

她推门而入，没人，炕上一只漂亮的航空旅行箱大敞着盖，衣物散乱地摊了满炕。她刚想上前看个仔细，门后突然伸出双手，严严实实捂住她的眼睛。

"谁？"

没有回答。她稍稍平静一下悸动的心，摸了摸罩在眼上的手：细腻、柔软。接着，她又闻到一股淡淡的、经久不散的科隆花型香味。她脱口欢叫道："莎莎！"这是压抑着心头突然涌来的狂喜，唯恐惊吓了女儿的充满母爱的深情呼唤。

罩在眼上的手松开了，与此同时，屋内四壁回响起姑娘丰润甜美的嗓音："妈妈！"

一个欢快的舞蹈般的旋步、定脚。灯光下，莎莎笑盈盈地站在她面前：黑色瀑布般的披肩秀发；皎如新月般的圆润脸庞；薄银软玉般的皱纹白裙；丰满匀称的体型曲线……

第三想象综合征

"莎莎,你越长越好看了。"她欢喜得声音都哽咽起来。

"哎哟,妈妈,我可连你一半也不如。"莎莎接过她手上的提包,顽皮又俏皮地向桌上一架精巧别致的紫檀木雕花相框偏偏脑袋。相框里一个气度高洁,貌秀如花的姑娘一身戎装,正冲母女俩微微含笑。

那就是她吗?她也有过女儿这样丽姿照人的年华啊。可岁月对谁都是公正又无情的。那常年怒吼在戈壁上的风沙,雕刀般在她脸上刻下密且深的皱纹,像大风之后瀚海里的沙纹;面颊呈现戈壁人特有的色泽:黑褐中泛着隐隐的血红;眼睑、下巴,这些最能说明年龄的部位,皮肉过早地松弛了;腰身也变得臃肿起来。但没什么,生命的规律嘛,不值得惆怅。何况从女儿身上不是看到了自己往昔的倩影吗?她笑着去拧莎莎的耳朵:"好啊,拿我老太婆开心。"

"嗯,妈妈,你才不老呢。姥姥每回说到你,总是叫你小名小英子。"

"姥姥好吗?"

莎莎从横在墙边的铁丝上抽条干毛巾,掸着她身上的尘土:"好。越活越精神,就是想你,一天要念叨几遍。"

又是六年没回去了,真想能天天陪伴在她老人家身边。尤其是吃了一辈子粉笔灰的爸爸病逝之后,这种情愫总萦绕在她心头。"你爸爸快回来了,等这次试射成功,我们一块回去看望姥姥。"

"真的?"莎莎高兴得刚想跳,又问,"要是不成功呢?"

"那就到下一次成功之后。"

"哦哟。"莎莎忙画划了个十字,"上帝保佑这次成功吧。"

"淘气鬼。"她忽然想起电报的事,"是你让司令员发电报要我回来的？"

"咯咯，我有能耐指派司令员？"

"不是你？"她望望莎莎，说，"你等等，我到司令员那里一趟。"

莎莎一把拽住她："别去了，鲁伯伯说他要来的。"

"你见过司令员了？"

"嗯。我傍晚到的，鲁伯伯接我去他家吃的饭。我在那儿知道你晚上一定回来，就从老地方摸出钥匙在屋里等你。妈妈，刚才吓你一大跳吧？事先不给你发电报，就是想让你突然高兴一下。哦，对了，吃饭的时候，我发现鲁伯伯不知怎么不高兴，总板着脸。"

她疼爱地拍拍女儿的肩："你也会察言观色！司令员容易吗？这么大年纪了，基地多少事要他操心啊。你们年轻人不挑担子不知沉。"

"妈妈，我就要挑担子了，再有半年我们就毕业。现在同学们都在议论着去向问题，我这次来就是想和您商量一下这事儿的。"

"我不越俎代庖。"

"你是母亲，母亲有为女儿指点生活道路的责任。"

"嘀，好厉害的嘴。"她轻搂住女儿，"那好，到基地来吧，这里很需要医生。"

莎莎沉默地垂下眼帘。许久才回答说："你是第二个劝我来基地的。"

"如果我没猜错，第一个当然是小兵喽！他没回来休假？"

"没有，他要在假期完成毕业论文。妈妈，我喜欢小兵。"

莎莎的话使她想起女儿第一次来基地度假的那个上午，她领莎莎去参观导弹。在大教室里碰到鲁震东正起劲地给一个高个头的小伙子介绍导弹性能。他指着被揭开半边弹壳，露出各系统部件的教学导弹说："如今一个国家要想不受人家欺侮，非得有这玩意儿不可。这是我们军队的骄傲，是……"说到这儿，鲁震东忽然重重地拍了他一掌，"你小子东张西望的，我的话你听见没有？"

那小伙子漫不经心地回答："听见了，爸，有什么可骄傲的。"

"你说什么？"鲁震东瞪圆了眼睛，剑眉一下子立了起来，似乎神圣的感情被亵渎了。

"爸，你说了半天，不就这一种导弹嘛。你有'小槲树''红眼睛'吗？有'吹管''萨姆-10'吗？"

"老子会有的。"鲁震东吼起来。

"那等有了你再吹。"他嘟囔着。

"什么？老子是吹？你小子……"鲁震东又扬起阔大的巴掌。

见此情景，她忙上前："司令员。"

"噢，柳英。唉，这不是莎莎吗？哎呀，十几年不见，都成大姑娘了。早听说你要来度假，好啊。怎么样？莎莎，毕业来基地当大夫吧？"

莎莎回避着："我毕业还早呢。"

"那没关系。"鲁震东痛快地挥挥手，"我给你留着位置。你不是在南京上学吗？巧了，我家小兵也在那儿读书。你们认识一下。小兵，过来。"

那个年轻人搔搔脑瓜走过来。

"这是你柳阿姨，这是……"

小兵那没蒙罩衣的老式军棉袄前襟上油渍点点，五个扣子掉了两颗，领口露出内衣的领尖，翻毛皮鞋上全是雪污泥痕，头发长得盖住耳边，乱蓬蓬的。

他眉眼很像鲁震东，只是一脸满不在乎的神情和他健壮的体格很不相称。可他很懂事，一听父亲让叫，忙把插在裤兜里的手抽出来，微倾上身："柳阿姨好。"没等介绍莎莎，就主动地点点头，"你也好！"说罢又漫不经心地东瞅瞅西望望。

　　鲁震东无奈何地摇摇头，对她说："小兵是下放农村五年，自学考上南京航空学院的，也学导弹专业。人还聪明，就是说话口气太大，不知道自己是老几，张口就是落后啦，保守啦，说他非要搞出中国的'萨姆-10'。生活上邋里邋遢。"他两指钳住小兵一撮长发，抖了抖，"瞧这副德行。"他转而叮嘱莎莎，"你们都是基地的后代，星期天常来往嘛，多帮助帮助他。"

　　莎莎笑着问小兵："要我帮点什么？"

　　小兵不好意思地别过脸去："你看着办吧。"

　　两个年轻人从此开始了来往，假期结束时已经形影不离了。打那以后，两人总是约好了一块来基地度假，一块返校。柳英早就感到总有一天，爱情会在这对青年中滋生的。这不，爱，已经像冲出地心的岩浆一样炽热了。可现在年轻人的开化她还适应不了。女儿在袒露自己青春的秘密时的态度和语气让她不安。

　　"哎呀，就这么对妈妈说我喜欢小兵啊？"

　　"那该怎么说？"莎莎顽皮地眨眨眼睛，"把感情蒙上层面纱吗？我不会。临放假那天晚上我就这么跟他说的，这家伙高兴得在草地上翻了两跟斗。可他要我和他一起回基地工作。"

　　"你没答应？"

　　莎莎审视着这间过于空荡的房间，50平方米都不到，迎门是火炕；炕左边两张并在一起的书桌上，堆满了一摞摞专业书籍和台灯、镜子、杯、瓶……两条长凳上架着三只旧箱子；靠门的墙角立着个自制的碗柜，柜下一个十四捻的煤油炉。

莎莎摇摇头，说："我还没想好，因为我不知道有没有你和爸爸这么坚强，能不能耐住这份清贫。妈妈，让我再想想好吗？"

"当然好。过些天还得听听你爸爸的意见。"

"对了，你看看我还给爸爸带了件礼物。"莎莎转身从炕上的衣物堆里拽出一条布单，扯开让她欣赏。

"买这么厚的床单干什么？这么窄，还不够铺张单人床。"

"妈妈真土，还床单呢。这是电褥子，上海的最新产品。夹层里有线路电丝，通上电温度可以保持在四十度，对爸爸的风湿性腰痛病最合适了……谁？"

莎莎听见门外有欲进又止的脚步声，轻盈地走过去拉开门，随即欢叫道："鲁伯伯，我妈妈回来了。"

鲁震东向莎莎招招手，把她叫出去说："你陈阿姨为你炒瓜子呢，你去吧，我有事和你妈谈。"

莎莎点点头走了，寂静的夜里，响起一溜高跟鞋叩打地面的嗒嗒声。

"司令员，请这边儿坐。"她招呼着，从桌底下拎出暖瓶，晃了晃，空的。她歉意地朝鲁震东笑笑，和他相对而坐。望着自己多年的老上级，她发现他比半月之前老多了：神情倦怠，目光浑浊，平时挺得绷直的腰板也有些佝偻了。她心里泛起一阵难言的隐痛。最近基地人开始悄悄议论，早已超过任职年限的鲁震东恐怕很快要离休了。真舍不得他离开基地啊，在基地人的眼里，他是严厉和亲切最和谐统一的领导。但是在柳英的心里，他是上级，更像兄长。

"司令员，我把试射准备情况向您汇报……"

"不必了，"鲁震东忙摆手打断说，"情况我都知道。今天这么急着把你召回来,是要告诉你关于柯大光同志……"

她一惊,不由自主地站了起来:"他怎么啦?"

"你坐下。"

她没有坐,心里一阵悚怕。鲁震东平时习惯叫他绰号"七百度",今天这么严肃地称呼他姓名加同志,她敏捷的思维立即把它和反常的急电、司令员连夜登门联系到一起,感觉出问题有些严重。

鲁震东点燃香烟,柳英看出他的手有些哆嗦,他说话的声音也有些嘶哑:"柳英,你坚强点儿,或许事情比我们估计得要好些,但我不能不告诉你情况确实很危急。柯大光同志在勘测队的工作很出色,可是,在勘测就要结束的时候,他们遇上了大风,风力九级左右,直到傍晚风才停。柯大光同志没有回来,勘测队的同志们点起篝火,鸣枪,连夜寻找,还是……"

她一把抓住鲁震东的手:"他带有干粮和水吗?"

鲁震东避开她焦灼的目光:"一筒罐头,半壶水。"

一阵寒意漫过周身,她"啪"地推开西向的窗户。西边,是他所去的方向。她喃喃低语着:"这么说他就是活着,也是水尽粮绝了。"

生活在戈壁滩上的人都清楚这意味着什么。日暑夜寒,几十度的温差;饥饿干渴,大量的体力消耗,即使是身强力壮的汉子也难熬三天,何况柯大光这样的文弱书生呢?

"柳英,别太难过。"鲁震东竭力搜索安慰的字眼,"我们根据已掌握的情况分析,他可能是迷路了。柯大光是个意志十分坚强的同志,有在艰难中坚持的韧性。我们已经采取紧急措施,一定设法把他找回来。"

第三想象综合征

这时门外有人喊"报告"。鲁震东忙走出去。黑暗里,两人压低嗓门在说话:"有消息吗?"

"勘测队来电,还是没有下落,他们在等候指示。"

"废话,等什么指示?走……哦,你先去,我马上就来。"

鲁震东踅回屋里,只见倚窗西眺的柳英面色苍白。他轻轻握了握柳英冰凉的手:"柳英啊,我已经打报告要求离休了。可找不回柯大光我绝不去养老,请相信我。"

她嘴角痛苦地抽搐着,硕大的泪珠在眼角闪亮欲滴。她仰着脸,望着高大的鲁震东:"司令员,您说他还活着吗?"

"活着,一定活着。戈壁滩想埋葬他,显得太小了。这几天你先好好休息休息。另外这事先不要告诉莎莎,她太年轻会受不了的。"鲁震东抖了抖她的手走了。

屋里静静的,静得仿佛什么事也不曾有过。如果不是鲁震东亲口告诉她,她一定会把这消息看作一个过分的玩笑,一场偶尔的噩梦。怎么会呢?分别时不是说好了这个假期同回南方探亲的吗?

记得那天为他收拾行李的时候,衣服用具塞了满满两大旅行包,他还埋怨:"带这么多东西干吗?你瞧咱们这家快让我带空了。"

她坚持说:"那儿条件差,什么都没有,多带点到时好用。要不是有车我才不让你带这么多呢。"说着,又顺手塞进去两袋麦乳精。

他无可奈何地笑了笑,忽然又想起了什么,把搁在桌上的挎包拎过来朝炕上一倒,"咕噜噜",几个"凤尾鱼""麻辣牛肉""红烧蹄膀"罐头盒滚了一炕。

她不无奇怪地问:"怎么,嘴馋了?"

"今晚搞个家庭宴会，邀上几位老同学来。"说着，他俯向她耳根温存地说了一句，"为你祝福！"

噢，她想起来了，今天是她的生日，也是他们结婚十五周年的日子。真是比女人还心细的好丈夫。

几杯薄酒，一餐便宴，小小的陋室里充满了欢乐。从来没听过他唱歌，那天晚上，他竟领着客人们用英语为她唱起《祝你生日快乐》。

啊，生日快乐，愿大家都快乐。这些生活战斗在戈壁滩上的知识分子们，多是河东牛郎独处地隅，过着孤寂的单身汉生活，今晚却在这里获得了家庭的欢愉。

客人们散了。他轻轻拥抱住她，细细端详着她已经不年轻的脸庞，深度近视镜片下的那双微凸的眼睛浮上怅惘的云雾。他嚅动着嘴角。想说什么？说事业的艰难？说生活的坎坷？说生命的流逝？没有，他什么也没说。如果没有特殊的外界引力，他不会轻易倒出肚子里的话，当妻子的却明白丈夫心里的感慨。

第二天清早，在待发的卡车旁，他答应："回来后我们一块儿探亲！"说罢，就爬上卡车向西驶去。

他要去的地方，是放牧人都不敢涉足的荒漠。

滚滚的沙尘在车后扬起，她不停地向他挥着手，他却摘下眼镜擦着。是沙土蒙住了镜片，还是……

难道这就是他们的最后一面？

不，他会回来的。她读过杰克·伦敦的《热爱生命》，那个终于走出阿拉斯加荒野的淘金者的坚强求生意志，使她掩卷难忘。她从此相信：热爱生活的人是不会为艰难所屈服的。同样，戈壁的风沙吞噬不了柯大光。司令员说得对：要埋葬他，戈壁滩显得太小了。

可现在他在哪儿？在哪儿？

遥望星光迷蒙的西天，她仿佛看到那片天空覆盖下的荒漠上，他形容枯槁，衣衫褴褛，满身沙尘，正咬着干裂的嘴唇，忍着饥火和夜寒的折磨，拼出最后的力气，一寸寸挪动着虚弱不堪的身体，向着寻找他的火把、灯光爬去，身后拖着一条长长的沾有血痕的沙迹……

"大光——"她失声呼唤着，一阵晕眩，两腿发软，无力地倚在窗框上。泪，终于冲破意志的大堤，簌簌流满两颊。

"咯噔，咯噔……"是高跟鞋的声音。她忙擦干眼泪。

三

基地的生活节奏一下子加快了。

凌晨三点钟，鲁震东接到航空兵部队的电报：经空军批准，为简化指挥程序，我部007号直升机直接听候基地调动。他大喜过望，当即命令这架飞机六点起飞，前往C号地区和勘测队取得联系。

半小时之后，群联科长报告：找来两名曾去C号地区放过骆驼的哈萨克牧民。

警卫连和卫生所很快接到鲁震东的命令，以牧民为向导，分乘两辆卡车，风驰电掣地驶向C号地区。

站在窗前的鲁震东，直到车灯消失在黎明前的夜色里，才稍弛神经坐到沙发上，困倦地合起眼睛。当急促的脚步声把他惊醒时，天已大亮了。赵参谋掩饰不住兴奋的神情，送来勘测队的电报：第三寻找小组于凌晨五点，在驻地西北二十二公里处发现空罐头盒。

鲁震东随即口授电文：继续向纵深寻找，不得迟缓。他叮嘱赵参谋："把这一情况转告柳英，柯大光一定还活着。"

这时，门口传来姑娘的声音："鲁伯伯！"莎莎泪汪汪地走进办公室，说："我妈妈已经走了。"

她递给鲁震东一张便条，便条上写着："司令员，发射场工作很多，我不能在基地等着。我把莎莎托给您和陈大姐照应几天，试射一结束我就回来。柳英。"

鲁震东疾步走到朝发射场方向敞开的大窗户前，向晨雾淡淡的戈壁默默眺望了许久……

发射场建设工程进展迅速而顺利。大学生们负责各自专业的设备安装，干得很出色。老天爷也很帮忙，一直晴天，每天只是在中午刮点小风。

有风就有飞扬的沙土，这对有着天生洁癖的姑娘们来说，实在麻烦。一天得洗几遍脸。每天晚上回到帐篷里的第一件事就是洗头，洗完盆底就一层沙子。这顶姑娘们住的大帐篷扎在最外围，和帐篷群隔出十来米的间距。

这是个为小伙子们所倾心的所在。可小伙子们的心理都很微妙，尽量不靠近它，充其量斗胆远远地打门前晃一趟。

这里唯一的男性常客是一位长得英俊气盛，黑油油的头发总梳得根丝不乱的大学生。一天黄昏，他领着柯大光来了。万分紧张的柯大光吃惊地望着他那位同伴干咳一声，听听里面没动静，一撩篷帘就闯进去的神态，完全是一副出入闺房、如履敌地的派头。直到他在里面喊了声："'七百度'，进来啊！"柯大光才小心翼翼进了帐篷。

第三想象综合征

帐篷里五张行军床摆成一圈，即令在大戈壁上，依然呈现着女人住处的特色：鲜艳的枕巾，花格子床单；每张床头的石块上架着皮箱，箱盖上摆满了镜子、梳子、各种形状的化妆品小瓶……横扯的晾衣绳上，晾一溜女人用的小零碎。

那个胖嘟嘟的姑娘一见柯大光走进来，嘴里啧啧好几下："'七百度'也肯光顾敝舍，不容易，不容易。你的胆量也让叶子枫给带出来了。"

跷着二郎腿坐在床上的叶子枫哂笑道："张敏，嘴巴上积点德，子孙有福。"

张敏可不吃这个，撇撇嘴角，冲着正坐在床上看画报的三个女同胞说："哟，我可没小柳那份福气，天天有人给她念经守庙。是不是？"

姑娘们听出弦外之音，哈哈大笑起来。

蹲在帐篷当间洗头的柳英，抬起湿漉漉的脑袋，偏过脸抗议说："不兴扯上我啊。"

张敏油不拉叽地应道："好嘞。"她挨个从箱盖上摆了一溜的小瓶子里抠索着，问道，"'七百度'，有事吗？"

柯大光忙告诉她："我想找小柳借用一下《测试手册》，过些天导弹就该测试了，我要查几个数据。不知道小柳肯不肯。"

"当然，"柳英顾不得抬头，"什么叫肯不肯，你只管拿好了，在我枕头边。"

"谢谢了。"柯大光拿起手册，一直腰，瞅见张敏用食指在掌心调着什么，好奇地问，"你这是干吗呢？"

"喏。"张敏把掌心杵到他鼻尖下，他扶扶眼镜凑近一闻："好香啊。"

"这是五种不同效能护肤脂的混合使用，算我们在戈壁滩的一大发明吧。这鬼地方干燥得人脸像绷在二胡上的蛇皮。"

柯大光指着她掌心一大砣白乳剂，傻乎乎地问："搽这么多啊？快二两出去了。"

"啪"，张敏将油脂拍上脸蛋，揉搓着说："那份量是叶子枫的发油，苍蝇落到他头上都得穿钉鞋拄拐棍。"

"哈哈哈……"帐篷里又一阵开怀大笑。

"你干吗总找我的茬儿。'七百度'，别理她。"叶子枫有些恼怒。

柯大光却仍刨根问底地："张敏啊，这油乎乎的抹在脸上，沙子落上去不全黏住了吗？"

"去你的，你永远不会理解女人。"

"是的，是的。我走了。"

张敏和柳英几乎同时叮咛道："常来玩啊。"

光线渐渐暗下来，天空变得厚实凝重。柳英洗好头，端着脸盆钻出帐篷，"哗"地泼出水去，干渴的大地一下把它全吸光。她转身要回帐篷，忽然身后一声大喝："站住！"

柳英吓得一哆嗦，差点没把脸盆扔了。她回头一看：参谋长。

鲁震东手握一根三节电筒，刚好从那边转悠过来，就听见有人泼水。走到近前一看："嗯，又是你。你好大的气派啊，一盆水全喂戈壁滩喝了。"

他恼火地吼道："你知道这水怎么来的吗？同志，这是十几部水车一天到晚轱辘不停地转，才从百十里外的水沟里拉回来的，等于用汽油换的。不像话，战士们再渴都舍不得灌饱，为照顾你们，尽着你们用，你们就这样大洗大倒的呀？明天起你们也开始定量用水。"

帐篷里的姑娘们听见外面大吵大嚷的,都钻了出来。一看鲁震东怒目金刚似的,吓得又全缩了回去。

叶子枫硬着头皮走过来,说:"参谋长,你不能这样,她是女同志。"

鲁震东一字一顿地说道:"在我的花名册上,她首先是个军人。"说罢,迈着丈量戈壁似的大步走了。

叶子枫带着点"秀才碰见兵,有理讲不清"的无奈神态,摇了摇头,然后扶住一声不吭的柳英说:"进去吧,外面凉了。"

张敏钻出帐篷,冲着鲁震东消逝在暮色里的背影,一跺脚:"山东棒子。"她把将柳英拖进帐篷,愤愤地一屁股坐在床上,可怜行军床被压得"吱吱嘎嘎"响了好一阵子。她挥起小腿,"哐当",将床边的脸盆踢到床下,发着牢骚说:"用点水也这么难,这倒霉的老碱水,我还不想用呢。哼,军阀作风。"

正忙着安慰柳英的几个姑娘马上呼应:"就是嘛,没见过这么凶的参谋长。"

"这个鬼地方,连水都没有,让我们怎么过呀!"

叶子枫愤然提议:"明天我们就去找政委反映,要求妇女保护权,绝不能容忍侵犯妇女权力的粗暴行为。"

箱子上一根红烛吐着光焰,不时滴下几滴烛泪。

柳英抬起苍白的脸庞,烦躁地埋怨他:"你这是干什么?小题大做。我们是做得不对嘛,挨几句批评活该。戈壁滩的水,就是很金贵嘛。"

这一夜很晚了,姑娘们还在谈论着水。

水啊,你这氢二氧一的透明液体,不就是你养育了人类吗?没有那宽远流长的恒河、尼罗河、幼发拉底河与黄河,我们这个旋转的星球上哪会有古印度、古埃及、古巴比伦与中国?可这古老的大戈壁上,竟然方圆百十里没有一条河流。偏偏这些姑娘们都是来自水乡江畔,在水的清冽与甘美中长大的,她们何曾想到有这么一天会离开水,在滴水如油的地方生活呢。

这一夜,故乡的水全都涌进姑娘们的梦境。可惜连水湿润的梦都没让她们做完,后半夜戈壁上就响起了"呜呜"的啸声。啸声由远而近,越来越响。风来了,卷起满地的砾石砂砾,像万匹狂奔的野物惊兽,摇天撼地直扑帐篷群,砸得篷布嘭嘭乱响。黑漆漆的夜戈壁上,大自然以颠覆性的狂躁,飞沙走石,恣意呼号。

"呼",一座帐篷的被掀翻,连影子也没见就卷走了。

"呼",又一座帐篷被连根拔起刮走。几个战士正要去追,一道雪亮的手电光柱射过来。接着就响起鲁震东的大吼:"不要命了?回来。"

他侧身弓腰顶着风,吃力地巡视在帐篷间,指挥着:"谁也不许乱动,原地加固帐篷。帐篷被卷走的,到别的帐篷挤一挤。注意保护好导弹的发射器材。"

人们在黑暗中忙碌着,手电筒和马灯的光一闪一闪的。嘶哑的呼喊,杂沓的脚步……到处是钉桩加固、搬运覆盖、咒骂吐唾的嘈杂声。鲁震东的三节手电筒像根魔杖,从东照到西,一路平定着风沙引起的混乱。

手电筒指向置放导弹的大帐篷,只见它歪斜着,像被打折了一条腿,缝隙间却透出一线光亮。

鲁震东探进头去,见有个人正趴在导弹尾部检查。他喊道:"怎么样,导弹不要紧吧?"

"不要紧，随时可以上架。"

"哈哈，是你呀！眼镜儿，七百度。"

"不，准确地说是七百二十度。"

从事科学工作的人，对数字力求精确的固执，总是不分场合地表现出来。鲁震东笑了，但他不敢久留。他想到那些基地之花们，担心她们给刮跑了。可他刚走就踢上了一坨软绵绵的东西，黑暗里发出尖细的惊叫："哎哟！"

鲁震东忙把电筒向下一照，是柳英。她穿着单薄的军衣，夜寒中战战栗栗的，双手紧扯着帐篷上的断绳，坐在冰凉的地上，靠身体的重量坠住绳头，维持着不使帐篷倒下去。

"这是干什么？"

"我原想帮柯大光一起检查一下导弹，可是帐篷快刮倒了，那截断绳又找不到，只好这样子。"声音在狂风里变得断断续续的。

"你们那几位女同志呢？"

"她们太困了，帐篷倒了也没醒，还睡着呢。"

"为什么不喊人帮忙？"

"不，你会骂我们无能的。"

鲁震东心一沉：见鬼，难道我就会骂人？他脱下大衣给她披上，找到拴在木桩上的那半截断绳结好，嗓音尽量柔和地说："好了，你放心去睡吧。"

第一场冬雪飘落之前，发射场的工程全部结束了。掩体、导弹仓库完全合乎教范要求；发射架下的水泥地面也超过规定的质量标准；离发射中心半里地的沙岗后面，为发射部队盖起一片干打垒，足够住一个团。基地大院那边也传来喜讯：由两个工兵营日夜施工的第一批砖木结构宿舍竣工了。

可鲁震东这些天却常常心里不安,他发现那些女军人见了他就垂下眼帘,一声不响。柳英对他更是敬而远之,能躲就躲,不能躲就找机会溜。那天她指导一群战士安装发射架,不知谁说了个笑话,逗得她笑得捂着肚子直叫疼。鲁震东刚走近,笑声一下子没了,就像断了磁带的录音机,声音戛然而止。鲁震东问战士们乐什么?没等回答,再找小柳已没影儿了。

有意思的是鲁震东却躲不开她,走到哪儿都能听到有人议论柳英。似乎所有的人都统一好了口径,故意说给他听的:

"哎,小柳明天给咱们机关干部上导弹基本知识课,你可别跟听报告似的又迷糊上了哇!"

"昨晚小柳帮着咱们卸了一夜的水泥包,今儿两顿没见她吃饭,不是压坏了吧?"

"你猜今儿晚会上的女声独唱是谁?小柳。"

小柳,小柳,新闻的中心。

枯燥乏味的戈壁滩上,五位女军人是基地生活中的乐曲。她们走到哪儿,哪儿就有欢乐的声浪,甜甜的笑容。但最引人注目的还是小柳,二十五岁,美妙的年华;略微单薄了点的身体袅袅娜娜,像株移植塞外的江南柳。就因为她长得漂亮?不,还因为她热情,刚强。

发射场施工人员撤回基地大院不久,纷纷扬扬的大雪就覆盖了十月的戈壁滩,高纬度地区开始了漫长的苦寒季节。

临近春节的一天上午,鲁震东回到办公室,几份请调报告摆在桌上。他掏出散光眼镜戴上。报告是三科室的刘丽、四科室的王红萍、姚小燕写来的。请调理由:一个是不适应戈壁气候,长期流鼻血；另外两个都是因为未婚夫在内地，请求照顾关系。

"哼"，他一掌把报告拍到桌上，"才来几个月就受不住了，我早知道会有这天的。王运林！"他大喊一声。动作麻利的干部科长似乎早就等着，应声出现在鲁震东面前。

鲁震东屈起指头敲着那几份报告："立即给她们办手续。小柳和张敏的报告怎么没来？来了一块办嘛！告诉她们：来，我欢迎；走，我欢送。我不强人所难。少几个萝卜我照样办席。"

一个月之后，张敏的报告也出现在他的办公桌上。

冬夜，从西伯利亚卷来的寒流，肆意横扫积雪厚重的千里戈壁，朔风扬起弥天雪雾，尖利而得意地打着口哨。

熄灯号响过很久了，基地大院宿舍区唯一亮着的一盏灯，远远望去像粒微弱的萤火。

灯下，柳英正帮着张敏收拾用具，捆扎行李。原本整齐素雅的闺房，这会儿乱得像个杂货店，满地的草绳、破席、碎纸屑……

两人合力捆起一只裹着草席的樟木箱，直起腰来喘着气。张敏掏出手绢替柳英擦擦汗，像劝慰小妹妹似的说："你再想想，如果决定走，我现在就陪你去找参谋长。"

柳英苦笑着摇摇头。

张敏着急了："走吧，柳英，别犯傻了。即使我们有理想，有抱负，可理想和体质毕竟不是等同的。自从到这儿来喝老碱水，我的痢疾就没好过，又是血又是脓的，看了直让人害怕。半年多了，例假也一直不正常。我反复想了，我不是能在专业上搞得出什么名堂的人，不要到头来事业上碌碌无为，自己这条小命也赔上了。"

张敏确实瘦多了，原先胖嘟嘟的脸庞，现在小了一圈，脸色黄巴巴的。

柳英理解地搂着她的肩膀，说："你走吧，我还没尝够戈壁的沙子呢。"

"何苦呢？你现在就决定，我明天不走等你。我们一块来还一块回去。让人们去议论、去嘲笑吧，说我们是懦弱、逃跑。我不在乎。'物竞天择适者存'，我是女人呀。"

"我就不信戈壁滩容不得女人。我学了五年的专业刚派上用场，只有在基地我们才是有用的人。"

"算了吧，基地根本不在乎我们几个女人。"张敏审视着她的眼睛，问，"你是舍不得叶子枫吧？告你说，只要你一走，他马上会跟上来的。他绝不是那种献身事业的人，你以为都像'七百度'啊？"

她听得出来，张敏的话里藏匿着对叶子枫的轻蔑，如不是碍着她的面子，那副伶牙俐齿还不知会嚼出多少损话呢。为什么很多人都反感叶子枫？他有才气，放弃了优越的地位和舒适的环境，主动来到戈壁滩上，这已经不容易了。是人们只看到他喜欢高谈阔论、讲究修饰，常常表现出知识分子自命不凡的清高，还是……柳英乱了方寸。她催促张敏说："快准备东西吧，我的事以后再说。"

张敏叹了一口气。同来的女伴中，她和柳英最合得来。柳英柔里含刚，美而不媚，待人处事，热心秉直。如今就剩她一个女人在这儿，孤零零的连个伴都没有。想到这儿，张敏不禁一阵难过，动情地搂住了柳英："我回去就给你来信。你回去探家可一定去看我啊。"

寒气企图透过六十厘米厚的墙壁闯进屋来。炕洞里的木柴呼呼地燃烧着，温情脉脉地暖着这两位即将分别的女军人。明天她们

第三想象综合征

将走上不同的道路，开始不同的生活，这是她们彼此都清楚的，越是想到这一点，惜别之情越发凝重。有人会不可思议：既无共同志向，何以如此缠绵？其实，知己未必同路人，相互间的体谅，便是友谊强有力的纽带。

柳英送走张敏，独个儿默默地步行十多里路回来，踩得积雪表层的硬壳发出一阵阵"咔嚓、咔嚓"的破裂声。她步子迈得很慢，越是接近基地大院步幅也越小。她简直有点害怕走进这个全是男人的世界。那里虽然有他，可他也是男人，女人有许多话是不好对男人说的。

当她走进大院，踏上自己门前的那个小台阶，一抬头，一张纸条钉在门上，上面写着："英，找你几趟了。回来后请上我这儿来。枫。"

她扯下字条开锁进屋，把字条揉成团扔进门后的废纸篓里。不去，每回去他热情得让人腻歪。她摘下捂在头上的长绒棉军帽，稍稍理了理弄乱的头发，脱下皮大衣刚想躺下休息一会儿，门被推开了，一位中年妇女出现在门口。

"你就是柳英吧？"

山东人。她一下就听出来了。她奇怪地望着这个像从天上掉下来似的女人，点了点头。

"哎呀，我真不敢相信世上有这么漂亮的姑娘。"

那位妇女打量着柳英，柳英也打量着她：高统皮靴，乌黑光亮；黄呢裤管上的褶痕，笔直得像"京广线"；藏青二五大衣的下摆，拖着几绺萝卜丝般洁白柔软的羊毛；一条长长的黑毛线编织的围巾，蒙住头部，缠在脖子上，露出一张红润的、典型的北方妇女的脸盘；浑身上下收拾得典雅庄重，一望可知是个精明爽快的人物。

柳英微微含笑："您是……"

"哦，我是鲁震东的老伴。南下时转业在上海纺织品公司工作。老鲁说基地要办军人服务社，要我来当主任。来就来吧，昨天晚上到的。对了，我姓陈，喽，耳朵加个鲁震东的东。你就叫我陈大姐吧。老鲁说我来得正好，基地就剩你一个姑娘了，让我陪你几天，做个伴。"

等她一口气说完这些，柳英这才插上话："陪我几天？"

"是啊，听说你不久也要走的呀！"

柳英轻轻一笑，问："找我有事吗？陈大姐。"

"你看，光顾说话把正事忘了。老鲁说你是苏南人，喜欢吃大米，正好我带有上好的无锡大米，熬了一锅红枣稀饭，走，上我那儿吃去。"

"谢谢陈大姐，我改日去吧。"

"唉，客气什么，走吧走吧。"

柳英可不是客气，要是别人不用请也能去，可参谋长……她实在是有点怵他。她推托说："我还有点事。"

"真有事？那我改日再请你。"

她像倏地出现那样又倏地消失了。可不到半个时辰，她又转回来，没进门就嚷嚷上了："不行，小柳啊，你得去呀。"她风风火火地进门就拽住柳英，"老鲁见我没把你请到，骂我没用，连客人都请不来。我跟他叮咣了几句，才知道他骂过你。走，看我面子上去一趟，咱俩统一战线跟他斗。我知道他这骂人的老毛病，谁知到现在还没改。"

拗不过，柳英只好跟着她走。

鲁震东见她们进屋,咧着嘴笑了。

柳英心想,噢,原来他也会笑啊。但她不敢马虎,规规矩矩地敬了个军礼。

鲁震东摆摆手:"做客不拘礼节。随便坐,随便坐。"

陈大姐拉住柳英:"不忙,等他骂完了咱们再坐"

鲁震东哂笑道:"老陈,你就别起哄了。"

"起哄?"陈大姐沉下脸,"你下次再骂小柳,看我不向军委纪委告你。小柳哪儿不好?人家南方姑娘能到这儿工作就够有觉悟的了,你还这啊那的。你当的什么参谋长?算……"

"陈大姐,参谋长也是为我好。"柳英挺不好意思地拽拽陈大姐的衣袖。

陈大姐这才欲罢未休地用指头戳戳鲁震东的额角:"看柳英的面子,这次算了。下次再这样儿,哼!小柳你坐,我去照看一下稀饭锅。"她一撩门帘进了厨房。

鲁震东见她一走又上劲了,摆出毫不惧内的架势,冲厨房低声嘟囔道:"你懂什么?瞎喳喳。"这下可算挽回面子了。

柳英使劲憋住笑。

鲁震东却诚恳地说:"小柳啊,你这种战术可不高明,干吗总躲着我?你们这些年轻人哪,你们做错了事,我批评几句也就算了。我批评错了,你们就不能原谅我?你们也可以骂我几句老糊涂嘛,跟我对吵几句,也比你们躲着我,叫我心里好受嘛。我年轻时就不像你们这样。我刚参军那阵子,上房掏鸟蛋,把老乡家的草房给踩漏了,被团长一口一个娘地骂了我个把小时,末了还关我两天禁闭。我就不生气,还嬉皮笑脸地对他说:团长,你有空过来我陪你下两盘棋啊。"

柳英咯咯地乐了:"参谋长,你小时候恐怕调皮得很。"

"调皮。捣蛋得要命。"鲁震东点上香烟,徐徐地吐出缕烟来,两眼微眯着追踪着它的飘逝,兴致颇好地回忆说,"咱村二阎王的小崽子成天欺负穷孩子。有天我趁他不注意,捏了个虱子塞到他衣领里,没几天繁殖了他一身,被他老子狠狠打了两个嘴巴。"鲁震东"嘿嘿"地狡黠地笑了起来。

陈大姐端着钢精锅进来:"行了行了,收起你的光荣历史吧。吃饭。"

好香的红枣大米粥啊,甜津津的。很久没尝到这家乡风味的饭食了,柳英一气喝了两碗,陈大姐再要给她添时,她孩子气地拍拍肚子:"再也装不下了。"

鲁震东夫妇被逗乐了。望着她浸着细密汗粒的脸,鲁震东话里有话:"那好,临走前我再用它给你饯行。"

"咦,参谋长,你怎么就断定我要走呢?"在鲁震东家亲切的气氛里,她不再拘谨了。

鲁震东愣了一下,旋即释然一笑:"小柳,不是我低估你们女同志,这里条件很差,女同志在这儿工作太作难了,你会有许多现实问题无法解决的。可我们非得在这儿建基地不可,除非不搞现代化等着挨洋人的打。小柳你上过华山吗?那年我在潼关开会,会议安排我们爬了趟华山。自古华山一条路啊,虽然它曲折艰险,可它通向西岳极顶。我们建基地,搞军队现代化,也像上华山一样,不管它有多少困难也得走下去,除此没有别的出路。基地很需要你们,你们才是基地唱主角、挑大梁的,可我谁也不强留,留住了人也留不住心。"

鲁震东的情绪有些激动,却让柳英看到了一个老战士有力搏动的心。

四

莎莎送她走的时候，戈壁滩还在晨雾中昏睡，天空刚刚泛白。虽是盛夏季节，清早的风却凉飕飕的。坦荡无垠的戈壁滩一片暗淡的褐黄。几蓬可怜巴巴的骆驼草在砾石缝间战栗着，越发渲染出这片地隅的洪荒怆寂。

她沿着大路走去。这也叫路吗？不过是车轮辗压出的辙印而已，没有路标、里程碑，连个明显的地物标志都没有。她戴着单军帽，左右披挂着水壶挎包，顺着辙印向北走。太阳追着她升起来，气温也急剧回升。无风无云的天空蔚蓝蔚蓝的，像北方人家糊天棚的墙纸，紧绷绷地裱在头顶。阳光无遮掩地尽数倾泻在戈壁滩上，照得它黄亮耀目。

回头望去，远处林带环抱的基地大院，像艘战舰停泊在黄色海面上。绿色林带衬出了一个小白点，是莎莎还站在基地门前目送着她，用那双哭得红肿的眼睛。

昨天夜里，她在莎莎诧异的眼光前，到底没能掩饰住自己的悲伤和焦急，还是把事情告诉了莎莎。也好，让女儿多知道点人生的艰险，思想会成熟得更快些。可这个意外的事件，简直让莎莎悲痛到了不能自持的地步，抱着电褥子哭了很久。她觉得有点奇怪：莎莎对他的感情怎么会这样深呢？他们是没有一点儿血缘关系的呀！

关于这一点，多少年来她从不去想它，总是竭力避开与此有关的一切回忆。因为这些回忆里有使地痛苦的那个人的影子。

"x的，又出毛病了。"

在离基地大院还有几十公里的地方，车子抛锚了。

脸上噌着油污的司机骂骂咧咧地跳下这辆苏式中吉普，打开发动机盖，埋进脑袋捣鼓起来。从发射场回来的路上，这已经是第四次了。

车厢里，叶子枫语调柔和地说："小柳，咱们下车走走吧，车子修好会追上我们的。"

"走！"她欣然答应了。

两人把大衣、挎包都扔在车上，穿着单军衣往前走，晚霞在他们身后呈现着迷人色彩。走出很远，回头还能看见汽车的黑点。她边走边采撷着路边偶尔碰到的沙枣花，惊叹着："噢，多逗人喜爱的花啊，你闻闻，有股桂花香呢。喂，你干吗总看着我？"

叶子枫望着披着余晖的她，像欣赏一幅罕见的逆光美人照，痴迷迷地说："你太美了！"

柳英不高兴地噘起殷红的小嘴："去你的，什么美啊漂亮的，我不爱听这些。"她撇下他，噔噔地自个儿往前走。

叶子枫忙撵上来赔不是："原谅我，你要不喜欢听，我以后再也不说了。"他温柔地拉起她柔软的手，轻轻抚摸着，目光灼热可炙。

这两个同系不同专业的学友，是在一次舞会上相识的。

——北国飞雪的周末。学院典雅的小礼堂里，暖气管正毫不吝啬地通身散发出热量，室内暖如三月。雍容华丽的华尔兹舞曲中，一对对舞伴轻盈地旋转在明光锃亮的红漆地板上。

柳英刚跳完一支曲子下来，和张敏坐在长椅上休息，同班的"七百度"穿过人丛向她俩走来。

张敏快活地向他嚷嚷："'七百度'，刚才外面打雷了吧？"

他愣了愣，笑道："你又拿我开心，大冬天的打什么雷啊。"

"咦，怎么？兴你上舞场，就不兴老天爷也新鲜一下？"张敏大笑起来。

"不不，我不是来跳舞的，我的这位高中同学想认识认识你们，陪你们跳一会儿。"

她俩这才发现他身后站着一位长得很帅的小伙子。张敏凑到柳英耳边小声说："这人我认识，叫叶子枫，无线电专业的尖子学生，也是舞场健将。嘻嘻……"

叶子枫风度优雅地向柳英欠了欠上身："请！"

他轻轻托住她的腰肢，她软软的手臂搭在他肩上，随着舞曲的节奏，两人翩翩起舞。没走几步，她就感觉出这个"舞场健将"真是训练有素，不管对方高低胖瘦，他都能准确地判断出她的步幅，一下子适应她。他的步子灵活轻捷，富有弹性。托住她的那只臂膀，似乎在不知不觉中把她抬了起来，使她跳起来异常轻松。乖乖，她有些吃惊：这要跳多少场才练得这身功夫，怎么他还能是高才生？她刚学会跳舞，虽然不是每周必跳，她还是觉得浪费了许多时间，暗暗规定自己上舞场不超过一小时。

可今晚她破例了。

一曲终了，小管弦乐队又不知疲倦地演奏起《蓝色的多瑙河》。

"还能跳吗？"叶子枫又来请。

"怎么不能？"好胜永远属于年轻人。她一站起来，就被他拥入旋转的人的漩涡中。

"我早就认识你。"旋转中，他声音很柔。

"怎么会？我可是第一次。"她竟没意识到自己出众的容颜，让多少男性叹为观止。

"那当然，你太高贵了。"真油，卑谦的奉承，讨好的挖苦。

"你是舞场常客？"

"就像马克思爱徒步登山，居里好骑车郊游。"

"不可思议。不觉得浪费了时间？"

"无线电的奥秘并不比跳舞深多少。"

"你很聪明？我可是吃力，制导对我来说永远是无边际的。"

"你是笑话我吹牛？如果你能稍稍留心一下《学术研究》这本杂志，我会感到欣慰。"

乐曲进入舒曼徐缓的段落。她今晚竟没感到这支三十二小节的曲子太长，他那双会说话的眼睛，那让姑娘们所喜欢的宽宽的胸脯和《蓝色的多瑙河》一样动人的声音，使她丝毫不觉得疲倦。

"啊，这才是一对天生的舞伴呢！"一声惊叹飘进耳眼，她方才觉察出舞场上那艳羡、新奇的目光，不时向她俩瞥来。她脸红了，好在曲子终了，她忙告辞说："对不起，我累了，该回去休息了。"

"我可以送送你吗？"

"别别。"她慌乱了。

"那好，下周末我在这门口等你。"

他就这样走进她的生活。终于有一天，"七百度"红着脸递给她一张便条，便条上飞舞的笔迹像主人一样自信：我爱你！

她失色地叫起来："柯大光你……"

"不不，你弄错了，是叶子枫。"他慌张难堪得像是自己在求爱。

"你呀，怪人！干吗充当这种角色？"

"是的是的,全怪我。"

她叹口气,拔出钢笔把便条上的"!"改成"?"然后塞到他手上:"还给他。"

叶子枫可不是一般角色,他知道自己拥有的全部优势:论长相,一个呱呱叫的美男子;论才学,门门功课全优,时常还在《学术研究》上发表个论文什么的;论家庭,一个不高也不低的干部家庭。应有的他都有了,该具备的他全具备了,凭这些还怕征服不了姑娘的心?可他也知道,柳英这个来自江南的小家碧玉,观念很传统。有次跳舞他刚把脸颊贴近她的面部,她马上警觉了,正色地扔给他一句:"请你自重。"吓得他再不敢造次。但他坚信:功到事自成。因而,舞会上,电影场里,黄昏散步,假日郊游……他殷勤地不离她左右,让她感到他的无时不在,无处不在。弄得后来连"刀子嘴"张敏都沉不住气了,几次盘问她:"你到底喜不喜欢他?"

"我也说不上来。"

"你要是不喜欢就干脆回绝他,省得他总围着你打转转。"

"那是他的权力。张敏,你不知道我心里多烦得慌。一口拒绝又怕伤了他的心,人家毕竟没什么过错。答应吧,又觉得他缺点什么,说不清哪儿让我不舒服。你说怎么办?"

"这我可没法儿说。谁让你长得这么漂亮?要像我就没事儿了。"

"张敏你真坏。"

五回冰挂消融,五度熏风又生。

一眨眼,柳英的院校生活要结束了。毕业前夕,几乎每个人都在思考、谈论着去向问题。这是人生的重要转折点。二十世纪五十年代的中国,是个万众一心的社会。"到祖国最需要的地方去!""革命就是我的志愿"……激动人心的口号,沸腾了成千上万大学生纯净的热血。一个接一个的报告会、辩论会、座谈会，忙得她直到深夜才能躺下来，静静地思索一下今后的路往哪儿走。

一天下午，张敏告诉她一位将军明天来校演说。这是一位声威赫赫、战功卓著的沙场老将。且不说对他演说内容兴趣如何，光一瞻老将军的风采，就足以使这些军事学院的学员们一慰平生。

第二天八点钟不到，小礼堂里人就坐满了。许多不是毕业班的学员也挤在里面，大伙儿叽叽喳喳地议论着，揣摩着这位曾让日寇、蒋军闻之丧胆的老将军形象。

当院长陪着这位佩着大将军衔的将军走上讲台时，全场长时间鼓掌致敬。

将军不像大多数人想象得那样魁伟。人们不禁想到他那三号呢军服的胸襟上，怎么挂得下他获得的那些铜质、银质、金质勋章？只有他那双曾洞察千里战烟的犀利眼神，依然保持着富年壮岁的勇猛睿智。

他摘下压着双鬓银丝的大檐帽，向学员们有力一挥，洪钟般说：“学员同志们，我是来欢送我军真正的现代军人出征的。祝贺你们！"热烈的掌声打断将军的话。掌声过后，他从容不迫地从当前帝国主义对我国的经济封锁、战略包围，讲到世界军事实力的变化；从陆地边防讲到海洋舰队的发展远景和空军的最新装备。在他并不宽阔的胸膛里，学员们感到一种全球在胸、决策在手的宏大气魄，看到一个高级将领着眼未来，统筹三军的惊人才干。一阵又一阵掌声把会场气氛推向高潮。

将军接着说道：“我还要告诉你们一个重要消息：我们的军委已经决策，在大西北建立我们的军事科学基地，尖端军事技术试验的大本营。同志们，它将要让全世界吃惊的哟，这是我们民族和军

第三想象综合征

队的荣耀。先头部队已经开进去了,工作进展很快。那里需要大批有知识、有胆识的专业技术人才。有志者就站出来嘛!去完成这个历史性的任务,把我们军队建设成现代化的队伍。同志们,你们将要成为高级参谋,高级工程师,成为将军,甚至超过我。会的,你们中间会产生未来的元帅的,因为未来的军队要由精通现代科学技术的人来统帅。同志们,为了永远结束受欺挨打的民族屈辱史,让我们的军队无敌于天下,去建树功勋吧,军人的荣誉在等待着你们!"

"哗……"掌声如雷,泪花晶莹。每个年轻人的心胸,都在这时代的动员令中翻腾激荡。一位虎彪彪的学员"呼"地站起来大声喊道:"感谢您,将军!"

气象专业的女学员抹着眼泪唱起:"向前!向前!向前!我们的队伍向太阳……"

全场的人都站了起来,数百人合唱:"脚踏着祖国的大地,背负着民族的希望……"

雄壮激昂的合唱声中,老将军的眼窝里溢出欣慰的泪花……

她终于看到了自己的道路。

她揣着志愿表去系主任办公室。半道上,叶子枫从教学大楼前飞跑过来:"柳英,柳英,系主任和我谈过了,确定我留校任教。"他兴奋得满脸绯红。

"我祝贺你。"

"你的去向决定了吗?"

"喏"。她递去自己的志愿表。志愿去向一栏里几个娟秀的小字:大西北。

"啊?你要去那儿?小柳,你知道大西北什么样儿吗?"

她眨了眨眼睛，笑道："知道。"

还是中学时，她就从古人的诗词文赋中领略了边塞的荒凉景象和暴虐的气候："君不见，走马川行雪海边，平沙莽莽黄入天。轮台九月风夜吼，一川碎石大如斗，随风满地石乱走。""五月天山雪，无花只有寒……"

"你太冲动了。那里的条件艰苦得无法想象，你会后悔的。"

她异常冷静："既然我决定了，就不准备后悔。"

叶子枫情绪激动地在她面前走来走去。他突然站住："小柳，留下吧！这儿不少研究单位需要人，那里设备齐全，学者汇集集，是我们科研人员最理想的地方。"

她的回答虽然轻声细语，却充满了深思熟虑后的固执："谢谢你的好意，这些我也想过，我们国家是很需要一批卓有才干的科研人员，去振兴民族科学，但军队目前更为急需的是一大批从事实际工作的技术人员，迅速建设、发展一个现代化的国防。从我各方面的情况来看，从事实际工作对我更合适一些。"

"这么说你是决心要去西北了？"

她以沉默作回答。

叶子枫突然爆发式地喊道："狂热，小布尔乔亚式的狂热。你没有权力轻掷自己的美好前程。"

"你嚷什么？志愿表还给我。"

"不，我不让你这样做。"

"还给我！"

"不。"

路上的行人不时地向他们投来诧异的目光。她简直被激怒了，厉声道："叶子枫同志，我对你不负有任何责任，你应该懂得这点。"

第三想象综合征

他一下子软了，用哀求的口吻说："小柳，三年来我一直深深地爱着你，耐心地等待着你的爱。没想到这只是一厢情愿。"他懊丧地沉思了片刻，说："我没权力阻拦你走自己的路，可我又非常不放心你一个人去到那荒凉的地方。小柳，如果你能说声你爱我，我陪你一起去大西北。"

这一枪来势太猛，她丝毫没有思想准备，心一下子乱了。许久许久她才垂着羞红的脸，轻声说道："我并没强拉你去西北，但我可以说我不讨厌你。"

叶子枫那张英俊饱满的脸顿时似乎发出光来。他狂喜得心里直念叨：为这样美丽的姑娘献出生命也值得，前程又算得什么？

两人一同踏上西去的列车，到这个苍凉荒寂的戈壁滩寻求理想和爱情来了。

此刻，在这广漠的旷野上，四面不见一个人影，除了浸在夕阳晚照里的两个年轻人，一切都是无意识的。柳英柔软的手被摩挲着，她没有抬头就能感觉到他在目不转睛地看着她，渐渐地又感觉到他的脸一点一点地向她俯近。一种天性所具有的敏感，使她意识到这一生中爱的第一道帷幕就要揭开了。她不由地抬起另一只手，紧紧按住自己慌乱的胸口。

鼻吸，一个男性的鼻吸，带着迷乱心胸的暖气灼热了她的脸颊。

她此时只需稍稍扬脸瞪他一眼，以后的一切便不会发生了，但她没有。女性的怜悯和对爱的渴望，使她一动没动。叶子枫虽然有些地方让人感到不快，为人清高，注重修饰，很近似她最鄙视的那种把时光消磨在翻阅《时装杂志》和梳妆镜子里的带女人气的男人的所为。可谁又能没点毛病呢？他毕竟是有才干的，在基地工作得也还不错。最主要的是他深深地爱着她，放弃了大学助教的优越地位来到戈壁滩上，这本身就具有征服一个姑娘心的威力。尽管她批评过他"爱情至上"，但被爱很容易醉人。况且，生活在戈壁滩上的人，尤其渴望着爱情。

两人接吻了，一个长长的吻。他们彼此从对方柔软红润的唇上，吮吸着爱的甘露琼浆。

然而，在这对青年的长吻中，晚霞迅疾地变幻褪色。当他们从狂热中清醒过来的时候，才发现天色已暮，黄风亦起。风越刮越大，人都快站不住了。两个浑身充满幸福感的年轻人并没意识到什么，反而微笑着手挽手继续向前走。他们知道，再走上半个多小时，就能看到基地的灯光了。可他们的脚步却在不知不觉中顺风向西北走，偏离了基地方向。

月隐星消的夜黑如染墨。两人开始还嘻嘻哈哈说笑着，越走越觉出不对，这才知道迷失方向了。两人不敢再走，原地停了下来。夜戈壁凉气四起，风寒难耐，两人浑身哆嗦起来。叶子执拥抱着她，她感觉出他比她抖得更厉害。黑暗中看不清他的脸，只听见他战栗的声音："英，我们迷路了。如果吉普车不来找我们，我们会冻死在这儿的。"

冻死？她还没想到这些。

"你说我们怎么办？"他又在问。她这才感到问题的严重。危急关头，一个身体强健的男人问一个女人怎么办，可见他已是智竭谋空，束手无策了。

她安慰说："不要紧，司机一定会设法来找我们的。"

两人背靠背地坐着。夜深了，寒气越发凝重了，直往骨缝里钻。"不行，这样坐下去，我们谁也别想再爬起来。得走。"她站起去拉他。

"我们不能瞎走啊！方向呢？唉，完了，今晚算把性命交给这倒霉的鬼地方了。"

听这腔调，可以想见他这会儿脸色惨白，满面惶恐。舞场上，女人堆里他那温文尔雅的谈吐和傲世的骑士风度哪去了？多么懦弱的男人啊，这下可让她看到你背阴的一面了。

她叹了口气："你害怕了。"没有回答，他抱臂不停地跺着脚。

忽然，柳英大声喊起来，"子枫，咱们犯了大错误。我记得参谋长说过，这个季节刮的是东南风，因为我们这个戈壁滩的东南面是个大风口。我们顺风走到现在，方向还有不错的吗？我们应该侧风向左走才对。"叶子枫犹犹豫豫地问："有把握吗？"

"没错。反正不能坐以待毙。"

风还在呼呼地吹着。两人走了不久，叶子枫欢叫起来："灯，是车灯。"

远处两粒亮点缓缓移动，像两颗外星系滑过来的流星。光亮虽然微弱，但在一目千里的大戈壁上，一旦捕捉住它便绝不会丢失。叶子枫一把搂住身边的柳英，连连吻着，絮叨着："英，我们有救了，一定是司机找来了。你绝顶的聪明，救了我们俩！"

她心烦了，用力推开他说，"快走吧，别让车开过去了。"

两人在看不见的坎坷不平的戈壁上，深一脚浅一脚地奔跑着。

果然是司机在寻找他们。

这戈壁之夜的化险为夷，很久使她不快。叶子枫的表现使她失望。然而她也有弱点，叶子枫聪明地把握了这一点。那就是她吃软不吃硬，身上积攒了过多的同情心。不久，叶子枫正式向她提出结婚，并很快以软磨硬泡和托请诸位同学说情的迂回战术，击溃了她的托词。

当叶子枫委托的最后一个"红娘"柯大光红着脸吭吭哧哧劝说一阵之后,她叹了口气说:"你也认为结婚对我是件幸事?"

五

她脚步仍不紧不慢地走着,明知后面就会有汽车过来,可她不愿等。多少年的习惯了,待会儿坐上车就是一天,先活动活动筋骨。可她身上开始冒汗了,气也喘得粗了,举足投足竟有些沉重。她心想,真是老太太喽。

"咝——"一辆"解放牌"在她身边刹住。一个小司机从驾驶室跳出来:"请吧,柳大姐。"

"不,还是上面空气好。"

"柳大姐,"小司机扯住她的袖子,操口浓重的乡音说,"您今天一定得坐驾驶室。"

"嗯?为什么。"

"您……心情不好,别太难……我们都很难过。"他简直不知该怎么安慰这位老大姐。

她心里一阵发烫,一扭头,发现驾驶室里另外一个司机不知什么时候也钻出驾驶室,默默地望着她,目光里满是忧伤。她轻轻说了声:"谢谢!"便以与她年龄不相称的敏捷,熟练地踏着车轮翻过厢板。

路——辙印,一条条,有时甚至几十条并列着,看起来似乎都朝一个方向延伸过去,可常常走着走着方向就差了。戈壁滩简直就像座迷宫。基地的许多司机都乐意捎上她一块儿走。她是不会迷路的,哪怕正打着瞌睡,也能感觉出方向偏差来。司机们在解释这种奇异的现象时说:"她是学导弹自动控制专业的,脑子里有台方向控制仪,她的每根神经末梢都连着发射场。"

夸大!夸大!她总这样笑着否认。其实,是因为她太熟悉这条路了。整整二十三年,大戈壁的路啊,她青春岁月流逝的河……

起风了。风不大,可卷起的沙土像一堵黄土墙似的推了过来。不一会,鼻腔里就灌进了沙粒,一咬牙咯嘣响。她侧过脸,避开风沙的正面攻击,习惯地从兜里掏出旧头巾来。忽然,她双手僵住了,望着头巾眼发直,心里像被捅进一把绞动的刀子——

那年柯大光和司令员进京开会,走前她叮嘱说:"你连件好点儿的衬衫也没有,到北京千万买上两件。"

回来后问他:"买了吗?"

"买了买了。我在王府井转了一上午,眼都看花了,最后选了它,不知道你喜欢不喜欢?"

她深情一笑:"你喜欢的我也喜欢。"

"真的?"他从提包里掏出一块蓝头巾。

"哎呀,你买这干什么?"

"你需要的呀!戈壁风沙多,你以后坐车用它挡挡风沙。"

"让你买的衬衫呢?"

"嗯?你要我买过衬衫吗?噢,对,有这事。不过我的衬衣补补还可以混两年。下次再买吧。"

……十几年过去了,这块头巾早已破旧不堪,可她舍不得扔,这是丈夫疼爱妻子的见证啊。此时,头巾在手,可他呢?他在哪儿?面对空旷的大戈壁,她的心在颤抖着,倾诉着:戈壁滩啊,二十年来,我们肩并着肩奔走着,在"基地—发射场","发射场—

基地"这两百公里的路上我们走了多少个来回，教授官兵发射原理，指导他们实际操作……一年又一年，戈壁的骆驼草枯了又荣，大风沙停了又起，冰和雪融了又积，风霜悄悄染白了我们的鬓发，可我们从没离开过你。他那么爱你，这个向来与世无争的人听到谁诅咒你，就会和谁辩得面红耳赤。

有一次，从福建沿海来发射场打靶的导弹部队的一个年轻排长随口说了句："戈壁滩建基地是废物利用。"

他一旁听见了，竟揪住人家衣袖不让走，问："你叫什么名字？怎么这么瞧不起我们戈壁滩？废物？你知道不知道我们脚底下有大量的金、铁、煤、石油。我们祖先没有勘探、采掘能力，把它原封不动地留给后人，等于给我们留下一笔丰厚的矿藏遗产。再说，没有它，我们的尖端武器上你们家门口试验去吗？荒凉是表面的、暂时的，讥笑它算什么态度？"结果，弄得那个排长一直自我批评。戈壁啊，他就是这样爱你，爱得犯傻，爱得情真。可你竟要用风沙夺去他的生命，这太不公平，太不公平了。你把他还给我，还给我呀！

她将头巾捂在嘴上，生怕自己哭喊出声来。她知道几百公里外那片荒漠上，空中、地面很多官兵、群众在寻找他。可她和戈壁滩打了二十多年的交道，深知风沙的暴戾无情，不能不准备着冷酷的事实传来。她已是站在中年与老年阈限间的人了，虽经忧患，不信天命。但此时她仍不由地对生活的顺逆无常，生发出深深的叹息：人生啊，为什么要有这多的"天灾"和"人祸"？

抱怨，无休无止的抱怨。

抱怨基地试验设备不全，他的研究课题一直如镜花水月；抱怨

第三想象综合征

鲁震东不辨金铜，竟让业务不如他的徐大个子当科室副主任；抱怨基地电影太少，连场舞会都没组织过……婚后不到两月，就在枕边絮絮叨叨的，想一起调回内地去。她开始还做做他的思想工作，后来听得多了，索性不理睬了。可家庭矛盾能躲开吗？

由于饮用含碱量过高的戈壁水，他的头发脱落得厉害，每天起床后枕巾上都铺了一片。他那乌黑浓密的头发，眼见变得稀疏起来，"胱胺酸""生发油"不知吃了多少，抹了多少，可是总不见效。一下班回来，屋里就充斥着他的诅咒声："这个鬼地方，硬是让人没法过下去。""到这儿来算倒了八辈子霉了。"随着落发根数的增长，他的骂也越发粗鲁了："操他奶奶，成心要毁了老子。"

她惊诧地瞪他一眼："这么脏的话你也骂得出来？都快是当爸爸的人了。"

这时，他会安静片刻，偎在她身边缠着她，要听听她肚子里小生命的蠕动。然而，落发最终还是酿成这对年轻夫妇的公开冲突。

她记得那天下午基地机关开大会，宣布参谋长鲁震东升任基地司令员。

开完会回来，叶子枫温了盆水洗头，盆里又漂浮起一层发丝。他越看越害怕，仿佛水的倒影里有个年轻的光秃发亮的脑瓜，丑陋不堪地正冲着他狞笑。他猛地端起盆，"咣当"连盆带水扔出门去。恰好那会儿她从饭堂打饭回来，被溅了两裤管的湿泥沙。进屋一看，他正叉腰站在屋中间，铁青着脸，头上还滴着水珠呢。

她抄起条干毛巾递过去，笑道："瞧你这脸不是脸，鼻子不是鼻子的，和脸盆赌什么气？"

"不用你管？"他恶声恶气地回答。

"嗬，好大的气啊，我非得管管。"说着，她把毛巾蒙到他头上，要给他把水擦净。

叶子枫伸手扯下毛巾扔到地上："你一边待着去。"

她生气地坐到炕上，看着他像关在笼子里的野兽似的转来转去，口里骂着："妈的，这儿真不是人待的地方。六个月风雪，四个月烈日，冷起来冻得人想往火炉里跳，热起来热得你浑身着了火似的。傻呀！到这儿来的人不是疯子也是傻子。"

她再也忍不住了："那你是疯子还是傻子？谁请你来了？"

叶子枫用手指着她喝道："你给我闭嘴！"

她倔强地一甩头发："不让我说话？你没这权力。"

"好好，你别跟我过不去，我也不是和你生气。你想想，照这样下去不出三年，我这头上一根发也剩不下，心里能好受吗？"

"掉几根头发什么了不起嘛？"她从没这样激动过，说，"就是全掉光了，我不嫌你难看就行了。戈壁上的人谁没个病啊疼的？你看人家柯大光，拉痢疾拉了半年了，没哼哼一声，照样工作得乐呵呵的。"

"柯大光是司令员的大红人，谁敢跟他比？你别总在我面前夸他。"

"我就是要夸他，他就是比你坚强。"

叶子枫一听，眼珠子都红了："他那么好你为什么不嫁给他？"

侮辱人格是不能容忍的。她气极了："下流坏子。"

"你骂谁？"一个巴掌甩了过去，"啪。"

顿时，两人都呆了，陌生地对视了好久，她才无力地倒在炕上，一滴泪都没有。

天黑下来了。叶子枫像刚清醒过来似的扑到她身边，不停地忏悔着："我这是疯了，怎么打妻子呢？亲爱的，饶恕我吧，以后再不会这样了，再也不会了。"他忽然想起到现在还没吃晚饭呢，忙端来晚饭，发现早凉透了，便又点燃煤油炉，很快把它热好，一手拿馒头，一手端着碗肉片粉条炒萝卜块送到她面前，恳求说："吃饭吧，亲爱的。"

她没反应地躺在炕上。叶子枫急了，"扑通"一声跪下："亲爱的，你要不原谅我，我就一直这样。"他还真有耐心，膝盖酸痛，两臂麻木了，他也没动一动。

她实在不愿这出家庭闹剧再演下去，便坐了起来。

叶子枫忙递上晚餐，轻抚她的脸颊问："还疼吗？我真是该死，没人性，亲爱的，是戈壁滩把我逼成这样的。当初我为了你来到这儿，我不后悔。可今天你得听我一次，我们调回去吧。我是长子，你是独生女，家中有老人和弟妹需要我们照料，况且我们就要有孩子了，可这儿连个托儿所、学校都没有，孩子的教育是个大问题。再说，基地科研设备残缺不全，我的研究项目无法进行，它关系到我事业的成败啊。我们为基地的创建立下过汗马功劳，第一支导弹部队也培训出来了，现在向司令员提出调动的事不算过分。"

柳英心想：怎么才算过分？客观理由，生活在这里的人谁摆不出几条？司令员若以爱人在上海工作，夫妻长期两地分居，要求调到上海工作不算过分；柯大光若以不适应戈壁水土，长期患病不愈，个人问题解决不了，要求调回内地也不算过分。可司令员把爱人调到基地来了，柯大光丝毫没有离开戈壁滩的意思。人与人的差别太大了。叶子枫看来是铁心要走了，自己走不走？且不说丈夫是她终生命运与之相系的人，光这日益隆起的肚子就够她伤脑筋的了。

柳英左思右想，心乱如麻。这时她才发现一个女人有了孩子之后，很大程度上将离不开丈夫。她还没想过要调离基地，可如今自主权似乎不属于她一个人了。然而她还是想找个机会再和他好好谈谈。没想到这竟是多余的了。

第二天上午，她去司令员那儿汇报本科室对第二批受训打靶部队的教学计划。科室主任病休，副主任出差了，她被指定临时负责科室领导工作。刚上三楼，就听见司令员办公室里传来两个她都熟悉的声音：

"你的请调理由不太充足，我们先研究一下，暂时还不能由组织出面为你联系工作。"

"我知道你会这么说的，你从来都没对我有过好感。"

"叶子枫同志，请你注意说话分寸，这不是私人感情交易。"

"反正我是坚决要走，我可以自己回去联系工作，只要你不阻拦我。"

"柳英的意见呢？"

"她是我妻子，我代表她。"

"你是基地第一个提出调动的男同志，子枫同志，你考虑考虑它的影响。你是一个军人……"

"我……""嚓"的一声撕裂声。

"这军人我当够了，我不能让这两块红片片葬送我的青春。"

"把那一片也撕下来，撕下来！"声音严厉而又愤慨。

一阵长久的沉默。

柳英听见鲁震东那痛心的声音："戈壁滩是一块真正的试金石啊，这里所有的人都将接受它的严格检验。如果说我刚才还想挽留你，那么现在我同意你马上就走。基地需要真正的猛士，而不是懦夫、软蛋。党白培养了你十几年，这让我很难过啊。你，可以

第三想象综合征

走了。"

叶子枫垮着脸推门而出,一抬头看见站在门边的柳英,不由一怔。她一见他那没有领章的衣领,便扭脸跑开了。

她简直不敢正视这一事实。他怎么能做出这样丢人的事呢?这分明是对她的胁迫,绝她的退路嘛,她还有脸留下见司令员和同志们吗?人们会用鄙夷的神色议论她的丈夫,一个"金玉其表,败絮其里"的空躯壳、逃兵。他是逃兵吗?不,他还不至于这样卑劣吧?他有理想,有才气,也许只是这里不适合他的施展……

风雪初霁。

一年前送别张敏的小站上,她和叶子枫穿着厚厚的皮大衣,守着一堆行李在等车。她羞于见到司令员,没告诉他行期。送行李的车是昨晚临时要的,送到车站就回去了。这使她想到那个不光彩的字眼:溜。

铺盖着皑皑白雪的大戈壁,此刻庄严圣洁得有如天国仙境。远处隐约可见基地大院的影子。再向前望,直到那明亮的地平线那里,是发射场。这都是她和大家一年半里艰苦创业的结果。还有多少事要做啊:雪一化,又有一批导弹部队要进场,教学计划刚草草拉了一遍,没来得及誊清就交给主任了。关于制导概说这一章解释得还是不够简洁明了,去年部队就反映不太好懂。每周给司令员上一课导弹知识的事,托付给老同学大李了,不知道这个"马大哈"会忘不会……唉,戈壁啊,在这儿怨你冷热无常,地荒水涩;一旦离开你,又牵肠挂肚,惦念诸事百般。一种新的生活要开始了,虽然那是没有风险、安恬舒适的,可怎么那么乏味、陌生呢?远处一个黑点跳入她的视野。渐渐近了,她从那一跳一跳的跑动姿势上认出是柯大光。

柯大光敞着棉袄，浑身冒着热气跑了过来，气喘吁吁地说："你们……也太不够老……老同学的交情了，临走也不……打个招呼。"

他是跑了十来里路赶来的，这个老憨！她有些心疼。

柯大光好容易大气喘定说："亏我早起跑步发现得早，跟着你们的汽车追出来。总算撵上了。"他把手上的一本书递给她，"老同学，我没别的送你，知道你喜欢这本书，送你做个纪念吧！"

《居里夫人传》，一本催人泪下的优秀科学家传记。五十年代的大学生谁没从中汲取过力量？可印数太少，很少有人有这本书。柯大光却珍藏着一本。她就是从他那儿借来，爱不释手地读完的。她曾立志像玛丽·居里那样，在科学的道路上艰难涉足。可现在……

一辆草绿色的越野吉普车长鸣着喇叭，狂驶而来。

鲁震东夫妇走下车。

躲不掉了，她扯着叶子枫迎了上去。

鲁震东亲切地点着她的鼻尖："好啊，偷偷地走，连我答应为你饯行的大米粥都不喝。好了，叶子枫，听说你工作已经联系好了，是在北京。虽然我批评过你，可这行还是要来送的嘛！小柳啊，这是一包发菜，我星期天在骆驼草下挖的，攒了很久。这玩意儿内地很贵，你带着吧，滋补滋补身子。"

陈大姐上前叮嘱叶子枫："小柳快生孩子了，你路上多照顾她。"

她实在受不了这样的离别，觉得自己像失了舵的船，在汹涌的感情的大海上漂荡，漂得她头昏眼花，荡得她心慌欲呕。她求援似的抓住鲁震东夫妇的手："司令员，陈大姐，我……"几乎要哭了出来。

一列挂着冰凌的火车嘶鸣着进站了。

鲁震东握握她的手："好，一路平安。别忘了给我老头子写信，为了我们的导弹,我准备把这身老骨头埋在戈壁滩上。嗯,小柳,你怎么啦?"

"我……我疼得厉害。"她捂着肚子,脸色惨白,大滴大滴的冷汗往下掉;步子也站不稳了。陈大姐忙扶住她,问鲁震东:"会不会是早产呕!"

叶子枫拎着行李,急得乱跺脚:"嗨,怕什么来什么。柳英你能不能坚持一下?车快开了。"

可柳英倒在陈大姐怀里,话都说不上来了。

鲁震东果断地说:"今天不能走了,快把小柳扶上车,马上回基地。"

陈大姐、柯大光和司机一起动手,把她扶上吉普车后座。鲁震东厉声喝问:"叶子枫,你还愣在那儿干什么?"

叶子枫请求说:"司令员,我先走。小柳托付给您,那边一安顿好我就回来接她。"说完,他就匆匆爬上火车。

火车一声长啸启动了。

"这个混……"鲁震东气得目瞪口呆,差点没骂出来。他钻进吉普车,一连声催促:"快快。"

茫茫雪野上,火车和吉普车分别向两个方向飞驰而去。

六

柯大光失踪已是第三天了。

莎莎实在憋不住,伸手抓起茶几上的电话:"喂,请接司令员办……"

"咔嚓",一只手摁下簧键。陈大姐拿过话筒放在机子上,怜爱地抚着她秀美的长发："别打扰他。莎莎，有消息鲁伯伯不会忘记告诉你的，听话，啊。"

莎莎郁郁地斜倚在一张旧藤椅上。

柳英走后，陈大姐就把莎莎接到家里来住。她这辈子生了三个儿子，就是没个闺女，心里不免有点小小的遗憾。莎莎是她看着呱呱坠地的。她几乎是看着她从一个浑无知觉的肉蛋蛋出落成亭亭玉立的大姑娘的，对她有一股特殊的母爱。加上近来她从小儿子小兵的来信中，又隐隐觉出他们两人似乎有那么点意思，对莎莎的感情当然就更不同一般了。莎莎每次放假回基地，她都招待得她欢天喜地的。可这次赶上柯大光出事，这丫头成天闷闷不语，心事沉沉的，常常突然提出些她这个年龄所不该有的问题。

这不，又来了。莎莎从沙发上欠欠身子：

"陈妈妈，这样的事在戈壁滩上常有吗？"

"不常有，但随时都得防范。"

"那这样的精神压力，你们都习惯了？"

"怎么能习惯呢，孩子，春夏风沙，冬天大雪，迷路、被困……就像影子一样追逐着戈壁人。"

"那妈妈为什么还让我毕业回基地工作，走她那样的路？"

多么尖锐的问题，这是向整整上一代人的发问。这里面包含着深刻的人生哲理和严谨的思维逻辑。它应该属于哲学、政治经济学、社会学和心理学探讨的范畴。

陈大姐答不上来，讷讷地说道："大概……大概是需要吧。"

"您当初离开上海，来到这戈壁滩上当个军人服务社的主任，也是需要吗？"

"是需要，但和你不同。我是因为你鲁伯伯需要人照料，才调动来的。在戈壁滩上我既能工作，又能支持你鲁伯伯。我不过牺牲了在上海的舒适，但支持了他的事业。一个女人为丈夫的事业做出应有的牺牲是光荣的。"

"难道女人都该为丈夫做牺牲吗？"

"不。不是所有的女人都这样，你妈妈就没有。"

"我妈妈？她怎么回事？"

唉，真是老糊涂了，跟孩子说这些干什么？她还什么都不知道，也不该让她知道。她像刚绽蕾的春花，需要生活的阳光而不是阴影。陈妈妈支吾着，说要去看看炉子上的水滚了没有。

莎莎疑窦重重地望着她消失在外屋的身影。她猜不透陈妈妈这句话的含意，就像她至今悟不出为什么她跟妈妈姓柳，而不是像中国的绝大多数家庭一样从父姓。妈妈曾笑着对她解释说，你爸爸是女权运动的支持者。尊重妇女，似乎也说得通。可班上同学们分析后的结论却是：你妈妈比你爸爸厉害。

姓氏也成了男女双方在家庭中地位、权限的标志。看来这个世界上，没有什么不可以体现人的意志的。

基地医务室临时设置的产床上，柳英痛苦地翻动、扭曲。由于连日忙于搬迁的劳累和精神上的刺激，她早产了。

医务室门外走廊的窗户下，迎门摆着一张长椅。鲁震东一会坐下，一会站起，焦躁不安。怪事，基地唯一的军医竟然不懂妇科，没接过生。老伴虽然接过一次生，可柳英早产她又没把握。鲁震东简直恼透了，派人去一百多公里外的红旗牧场找医生，上午出去的，这会儿天都黑透了还不见人回。门板不隔音，柳英的呻吟从屋里传到走廊上，痛苦的声音把他的心绷得紧紧的。

他在门口轻声地说:"小柳,太难受你就大声喊吧,可你一定得坚持到医生来呀。"他生怕医生没赶到,孩子就临盆了。

陈大姐从屋里走出来,鲁震东忙问:"怎么样?"陈大姐摇摇头:"胎位不正,加上她身体很虚弱,生起来会很困难的。"

"你要做好医生赶不到的准备,无论如何得保证母子安全。"

"我实在是没有把握。医生为什么还不来?"

"秦参谋!"鲁震东大声喊着。一个头脑敏捷、强健灵活的年轻人"噌"地从黑暗里跳进走廊的灯光下。"你立刻带一辆车,沿牧场方向迎一迎,让他们火速赶到。

"是。"

这时,他发现不知什么时候走廊上聚集着一群人,有机关干部,也有直属队战士。他们在轻轻私语,一双双忧虑的眼睛盯着医务室那扇闭紧的门。

他不由心里直发热:多少人在关注这小生命的降生啊!他用异常亲切的声音盼咐说:"时间不早了,同志们都回去休息吧,这里有我呢。"

人们渐渐走散了,只有一个人倚着走廊门没动。

"七百度!"鲁震东叫了他一声,问道,"你还在这儿?"

"七百度"用中指和食指熟练又习惯地顶顶眼镜架,嗫嚅道:"司令员,我是她的老同学,让我留下吧,万一有事,多一个人比少一个人好。"

鲁震东没再说什么,却向那边窗户侧起耳朵,担忧地说:"起风了。"

风势还不小,卷起的沙粒打在玻璃上,像金属撞击般的声音。扯淡,这风沙来得真不是时候。

他正担心着风沙误事,一道雪亮的车灯"刷"地照亮走廊外面的景物。

"七百度"惊喜地喊起来:"司令员,来了,他们来了!"

去找医生的管理科长和秦参谋拥着一位年轻的哈萨克姑娘一阵风似的进了走廊。"快,这边儿,这边儿。"鲁震东忙不迭地迎过去,指点那位姑娘进了医务室。

满面汗水的管理科长掀开棉衣扇着风,问道:"司令员,还赶趟吧?"

"嗯。"他有点不放心地问道,"这医生怎么这么年轻,接过生娃娃没有?"

"我早打听好了,人家在医学院专攻妇科,经她手接生的娃娃比牧场的羊羔还多。"管理科长炫耀着。

"什么话?有你这么比喻的吗?好了,你回去休息吧。"

"我不知道是男孩还是女孩就走哇?"说着,他一屁股坐到长椅上。

半夜了,风沙越刮越大。秦参谋捅捅"七百度":"哎,我说怎么没动静啊?"

"七百度"瞅瞅窗外,一本正经得令人发笑,说:"我寻思是不是这气候不太适合孩子出生。"

坐在椅子上的鲁震东听见了:"你们以为生孩子那么容易啊?不容易嘞,告你们说吧,女同志生个孩子简直跟打鬼门关闯荡了一遭。"

屋里的呻吟突然变得急促起来,守在走廊的人不约而同地扑到门前,紧张得手足无措。

这时,走廊那头的电话铃响了。秦参谋跑过去。"司令员,请您接电话。"

鲁震东接完电话，兴冲冲地大步赶过来。压低嗓子说："同志们，好消息啊。刚才值班室转告空军发来的电报，今天中午，蒋帮高空侦察机一架，在华北某地上空，被我们培训出的导弹营首发命中，一举击落。"

"真的？太棒了！"秦参谋兴奋地跳了起来。

"七百度"只是一个劲地傻笑。

管理科长不住地晃着他那多肉的脑袋，嘴里直念叨："痛快，痛快。"

生活在今天这没有飞贼阴影的和平天空下的人们，大概很少想起或者根本就不知道五十年代笼罩在中国上空的阴影。美制的蒋帮高空飞机如入无人之境地蹿入我国领空，进行侦察骚扰，窃取我们的军事情报。作为中国军人，谁不积压着一腔怒火？为了建立一支强大的现代化防空力量，一群军人开进这渺无人烟的大戈壁。此刻，这一捷报将意味着敌人高空入侵阴谋的彻底失败，这些现代国防的创业者们，该怎样地狂喜啊！

可他们还没从胜利的喜悦中平静下来，"哇——"一声嘹亮得宛如报晓的鸡鸣般的啼哭突然响起，似乎震得无边的黑夜也在战栗。这几位大老爷们一时全呆了，你看着我我瞅着你，足足有十几秒钟。这十几秒里，仿佛世间所有的响动全静止了，回荡在整个空间的，只有这哭声。

这是生命诞生的雄壮宣言……

这是冲向人世的激昂呼号……

医务室的门打开了。

年轻的、有着一张红润脸庞的哈萨克女医生走出来，笑微微地告诉大伙："一个漂亮的克孜巴郎。"

陈大姐跟在后面解释说："女孩！"接着她又转告柳英的请求，"让大伙给孩子起个名。"

"当然，要有个名，要有个最恰当的好名。"鲁震东高兴地搓着大手，"起个什么名呢？叫……唉，我不行，起不了好名。"他扫一眼身边的人，一把拉住"七百度"，"大学生，你来，知识分子肚子里墨水多，你起吧！"

"七百度"慌乱了，推托说："不行，不行，起不好，起不好。"脸窘得通红。

"嗨，你起起看嘛，不行我们再否决。"鲁震东认定他了。

"七百度"无奈何，便沉思起来，他歪着脑袋，自言自语："叫兰兰？嗯，不好不好，太俗。我起不好这名。"他抱歉地朝鲁震东笑笑。

"再想想嘛。"鲁震东安慰他说。

临时产房前，大伙都在等待着名字，静静的，只听见风沙敲打玻璃窗的声响。忽然，"七百度"面露喜色说："有了。她在风沙之夜诞生，就叫莎莎吧。"

"沙沙？风沙的沙？"鲁震东昂起脑袋。

"对，风沙的沙。我们在戈壁上生活，常年和风沙打交道，就用沙做名字当个纪念。她是个女孩，再在沙上加个草头。"

"嗯，草头沙，莎莎。好，我去征求一下她母亲的意见。"说着，鲁震东就要进去。陈大姐一把拉住："现在不能进，小柳在休息。"

"我轻轻进去，代表大伙儿看一眼孩子，就这样看上一眼。"鲁震东闭上一只眼睛，冲陈大姐做了个怪模样。

"不许多说话。"陈大姐让步了。

柳英面容苍白，疲倦地躺在被褥洁白的产床上。她身边的襁褓里，露着一个粉红色的小脸蛋，一头柔软浓密的黑发。小家伙安恬地睡得正香。听到脚步声，柳英睁开眼睛："司令员。"声音轻微无力。

"别动，别动。"鲁震东微弯身子，端详了一会儿小家伙的睡态，慈爱地笑了，"小柳同志，祝贺你，为我们基地生了个女儿。"

"谢谢、谢谢。我也祝贺同志们。"

"嗯？小柳……"司令员一时不解。

"你们在外面的话我都听见了。司令员，我们胜利了。"她激动地合上双目，泪水涌泉似的淌了出来。是的，胜利了。虽然这仅仅是本土防空作战的第一仗，可它像是拱破土层的春笋，出现在海平线上的帆樯……只有为此付出过无数心血的人们才理解它，从中感受到我们的事业在前进的撼人魂魄的力量。

她留下了，从此没有离开戈壁。

他也留下了，再没回过戈壁。戈壁困苦和迷路的惧怕，使他再也不想看一眼戈壁滩。

叶子枫从北京来信："……经过一星期的奔走，工作问题终于落实了。我在 x 机部的一个直属单位当办事员，你在市妇联当打字员。英，工作不算理想，但在首都能谋得这一生存席位已经很不容易了……"

笑话，读了十七年的书，就是为了日后去背字母敲键盘吗？这行改得也太没谱了。宁可让戈壁的风沙吃了我，我也不抛弃自己的专业。如果你愿意当一名办事员，我也不拦你，我们只好先两地分居着。

第三想象综合征

她躺在床上，支撑着产后尚未复原的身体回了信。

一封封劝告、催促的信件、电报从北京飞来，但是她打定主意：不走。在她身边，基地生活像火一样热腾腾的：一批批受训部队进场；一幢幢营房在兴建；新型导弹研制小组组成，由鲁震东牵头挂帅；中央首长接见击落敌机的官兵们和有关技术人员，基地的代表即日赴京……

在孩子即将满月的时候，鲁震东虎着脸走进柳英的房间，一直在照料着莎莎的陈大姐一看老头子神气不对，忙向他使个眼色到屋外去。

"什么事？脸又这么难看。"

"我能好看吗？你看这。"他把手里的电报递过去。原来是叶子枫来的：如满月后不回京，就请考虑结束夫妻关系。

陈大姐倒抽一口凉气："他能做出这样的事？"

"怎么不能？我早闻出这油头粉面的家伙味不正。"

"喔！小声点。"

柳英可能听到外面说话声，隐隐觉出与自己有关，在屋里喊了声："司令员！"

鲁震东夫妇不安地进了屋。

柳英半倚坐在床上，向鲁震东伸出手掌司令员，"给我。"

"什么？"鲁震东装痴扮傻。

"我猜准是叶子枫来的。"她那明澈的眼睛望着司令员。在这样的目光前，隐瞒是笨拙的。

柳英看完电报，竟意外地表现出惊人的冷静，似乎她早料着叶子枫会作这最后的要挟。他从来就没打算长期在基地工作，当初之所以来西北，就是为了得到她。一旦得到柳英，便着手下一步，用夫妻的绳索牵着她和他一块离开戈壁滩。她曾为他的调离辩解过，可今天她才明白这辩解多么幼稚，像孩子去揣摩一个大人的心理一样天真得可笑。他为了逃避艰苦的环境，宁可改行去坐办公室，什么理想啊、成就啊、感情啊，统统隶从于舒适这个前提。既然没有共同的志向，迟早也是"露水夫妻"，不如趁早了结它。

柳英淡然地对鲁震东说："随他去吧，我没意见！"

鲁震东摆摆手："不不，柳英同志，我理解你，但这个问题要再考虑考虑。"

柳英紧抱着莎莎，默默地摇摇头。

七

柳英还在途中颠簸着，看看太阳，正午了，已走完一多半的路程。像在家一样，她准时吃午饭。她拧开水壶盖，喝口水先漱漱口里的沙子，然后掏出馒头、榨菜，小口小口地嚼着。今年开始，她明显觉出牙齿有些松动，医生说这属于老年性的，没有特殊的治疗方法，就是要少吃点沙子。

送到嘴边的馒头忽然停下了，她发现了什么。

啊，沙枣花！不远处一株矮矮的沙枣树上，缀着几枝灿灿的小黄花。已经不是沙枣花开的时节了，这儿怎么会出现它的？是未曾凋谢还是晚发的？晚发的花儿更香。

她扭身去敲驾驶室顶棚："停车，停车！"

车没停稳，她就跳了下来，采回一束沙枣花，

司机从车窗里探出头来："柳大姐，怎么啦？"

"没事，开车吧！"

第三想象综合征

车又继续晃荡起来。她将沙枣花送到鼻子下闻着，一股其香如桂的淡淡芳馨直往心里钻。沙枣树，不仅是戈壁滩唯一的装饰品，还给人以生命的启迪。这种野生的落叶乔木，耐碱耐旱，生命力极强。四月下旬一场暖风，满枝满丫的嫩芽儿就伸展开来。化作一片片椭圆形小叶，碧绿浓郁。五月中旬以后，那满树的花儿碎金似的缀个遍，香味迷人。花落结果，青青如樱桃大小，然后由青转黄。秋阳一照，果子又呈现殷红色或奶白色。此时摘颗丢在嘴里，虽略感涩口，但酸甜味正。用它煮汤，其可口决不下于酸梅汤。

在这个冷酷暴虐的世界里，它开花结果，赐福人类，活得有声有色。它的绿叶是向自然界举起的不屈的旗帜，它的花朵装点着戈壁人的生活。花开时节，帐篷中，楼房里，到处有它的金黄，它的幽香。就连基地的汽车兵们也总爱在驾驶室里插上一束，让幽幽的香气陪伴他们寂寞的旅途时光。它给过她多少生活的欢欣呵，它曾是她新生活开始的标志。可这会儿闻着闻着，却潸然泪下，打湿了花儿一朵、又一朵……

分别好几年的张敏来信了。

她回到故乡的那个城市后，在一家仪器总厂的实验室工作，总算还干着本行。她在信中告诉柳英：她不久前出差去北京碰到叶子枫，才知道他俩离婚好几年了。叶子枫已另成家。

张敏在信中写道："小柳，回来吧。改行怕什么？刘丽不是在上海当售货员吗？我见过她，她比过去发福多了，细嫩白胖的，小日子过得舒服着呢。我们是女人，一辈子在那儿不行的。你长得漂亮，这是女人最硬的王牌，趁还年轻，回内地再找一个……"

夜晚的戈壁滩，静得让人不安。

她在镜子前端详着自己，三十多岁，不是小柳了。镜子里出现的竟是连自己也觉得陌生的面孔：发黄的脸盘，瘦削得有些枯干；皱纹爬上了眉梢眼角；大而水灵的眼睛变得小了，习惯地眯着，总像在躲避风沙的侵袭……青春，似乎过早地离开了她。

一晃她送走刚满月的莎莎已独居五年了，还有几个这样的五年呢？一辈子就这样抗拒生活的挑战？枯燥、单调的戈壁上，电视收不到，七管半导体只能收到本地区的广播。电影一个月看不上一次。前天晚上放映的那部片子看了不下五遍，基地人还冒着零下三十度的严寒，津津有味地欣赏着，只听露天电影场上一片跺脚呵气声，可是没有一个人退场。是基地人特别喜欢这片子？不是，大伙儿高兴的是在活动的影像前又打发了一个无聊的夜晚。

人毕竟是需要色彩、音响、娱乐的呀！她忽然想起玛丽·居里的一句话："人生太艰难，太乏味了。"素以刚性和韧性著称的大科学家居然也有心灰意冷的时候。或许真有一些职业不适合女人去做，要不为什么纺织厂、医院总是以女人为重心？打字员、营业员、售货员几乎成了公认的妇女职业；高炉前、矿井下，你几乎就别想看到一个女性。戈壁的生活，连男人们都难以忍受，何况一个女人呢？她不由得问自己：你怎么会走上这条路的呢？

关于未来，年轻人谁没有做过美好的梦想？她就常梦见自己当上著名的外科大夫；成了李清照那样才华横溢的女诗人；成为郭兰英那样的歌唱家……就是没梦见基地教员这个行当。梦幻并非现实，现实未必入梦。

应该感谢他还是怨恨他？那个雄辩宏论、慷慨陈词的高中物理老师，第一堂课就把她所有的美梦驱逐殆尽。这个刚从师范学院毕业的大学生用铿锵的语调讲述着："……人类进入文明社会的主

第三想象综合征

要标志,就是自然科学的发展,而二十世纪五十年代,自然科学领域中更是出现了惊人现象。新发现、新发明,超出以往两千年的总和,呈现了一个知识爆炸的局面。这里不仅有量的突破,也有质的飞跃,新学科林立,异军突起,人们用大胆的、智慧的目力审度整个宇宙。在当今的众多学科里,物理学是化学、天文学、地理学、生物学的基础学科,是揭开天地奥秘之盖的提把。掌握了它,我们就能把在我们头顶上闪光的星球,扔到太平洋里面去涮一涮。"

热血鼎沸,神思腾翅。一堂物理课把一个女孩子的终生命运扭转了。她发疯地爱上了物理、数学,以极高的考分,被那座名牌大学纳入它的学员花名册里。

她要去那遥远而陌生的北方上学了。月台上,母亲偷偷抹起眼泪来。她看到了:"妈妈,昨夜不是说好了吗?你答应我不哭的呀!"她安慰妈妈说,"五年学完了,我就回来工作,伴着你和爸爸,那时就再也不会分开了。"

母亲揩干泪水,破涕为笑。五年之后对她是个希望,希望是忧伤的"止痛片"。可她何曾想到,女儿朝火车踏去的这一脚,是在精深与浅薄,崇高与平庸之间迈出的决定性的一步。此脚落定,她就不再仅仅属于这个辛勤一生、有着一手高明的刺绣手艺的普通妇女了,她投入了一场壮丽如虹的事业,开始了一种艰难而又不朽的生活。她属于祖国。

但她毕竟是故乡养育的呀,今夜,思乡之情,强烈地充塞在她的心胸。她不觉轻声哼起那首跟母亲学会的、江南风味浓郁的民歌:《江南好》。她有一副动人的歌喉,长期的繁重学业,压抑了她这方面的天才。为了征服自控这科学海洋中的一片海域,她需要有足够的时间去攻读,去思考,几乎没有闲情去唱歌。可是,当她偶尔在晚会上唱过几支后，总给人们留下深刻的印象。此刻，这首原本是欢快、夸耀的歌儿，竟含着淡淡的忧郁：

> 青青江南山，
> 蓝蓝故乡水，
> 远行千里常记得，
> 金稻银棉花吐蕊；
> 走遍天下回头看，
> 还是江南故乡美……

故乡，那具有威尼斯色彩的水乡小镇质朴雅致。它坐落在苏州和上海之间，解放十多年了，竟没有一条宽阔的公路通向它。江南的土地太宝贵了，每一分地的使用都是计算了又计算的。那都是些插根筷子能发芽，埋个石头蛋蛋能吐翠的肥得流油的土地呀。河缠水绕的故乡，只有乘船而行，才能到达镇上。啊，那泛着青光的石板街巷，那翠绿欲滴的竹林。又有五六年没回去了，真想再尝尝家乡的发糕和汤圆。听说那个卖发糕的老汉去世了，不知道那手蒸发糕的技术传给后人没有。那发糕蒸得可真叫好啊，松软香甜，一口下去一颗红枣就露了出来。

故乡好，人也亲。每次回去，左邻右舍，前街后院的人都去看她。顶有趣的是她上大学后的第一个寒假回去，邻居家那个铁匠大叔赶紧跑过来，挺认真地问："怎么样，会开了吧？"

"开什么？"她被问懵了。

"开飞机呀？"

"噢。"她咯咯咯地笑起来，"大叔，我是学造飞机，不是学开飞机的。"

铁匠大叔知道穿蓝裤子的是空军,可他把所有的空军都当成飞行员了。泥土般淳朴的故乡人啊,任你走到哪里也忘不了。是的,思念故乡绝不仅仅是指自己的白发双亲,每一个远离故土的人都有这个感受。

这一夜,她就这样似睡非睡的,直到有人敲窗户,是"七百度"。昨天两人约好了,今天同去发射场收集发射有关数据的。

那次好像搭的也是拉粮的卡车,两人面对面靠着车厢板,随着汽车的颠簸,交谈的话音时断时续。像往常偶尔在一起谈的内容一样,无非是信息计算、交换、输送控制信号之类的,可那天两人竟难得地谈起个人问题。

"莎莎好吗?"

"姥姥前几天刚来信,说是她又长个了,像男孩一样淘气。"

"七百度"许久没吭声,耷拉着脑袋。

"你怎么啦?不舒服?"

"不不。小柳,我在想,我这辈子办的唯一的,也是最蠢的一件事,就是介绍叶子枫认识你,替他向你求婚。"

"别这么说,你有什么责任?"

"我……我心里很难受,让你吃……苦了。"

"没什么,你看我不照样生活得很好吗?"她安慰他,又接着问他,"你怎么还不结婚?已经三十好几了,该有个家了。"

是啊,人都该有个家,它是使劳碌的身心有所慰藉的处所,使疲惫的躯体得以憩息的天地。"七百度"沉重地叹了口气:"我算是个顶没用的人了。"

他给柳英讲起他的个人问题处理经过,简直把柳英逗得笑死了。

柯大光出生在一个"谈笑皆鸿儒，往来无白丁"的高级知识分子家庭，自小受到良好的教育。但和他的智力一起疯长的是另种"怪癖"，怕见姑娘。一和姑娘们说话就像皮肤过敏似的面红耳赤，窘不可状。三十多岁了，也没见和哪个姑娘并肩走过几步路。

老母亲急了，去年好不容易盼到儿子回去休假，赶紧张罗给他找个对象。老人家拽着他的手串了好几家，都是名流学者的千金。赶回来问他看中了谁，母亲好替他求亲去。可他连姑娘的大致轮廓都没看清，进了人家门眼皮上就跟挂了个大铅球似的，压根就没敢抬起脸来。

他讷讷地恳求母亲说："你看着谁好就谁吧！"

老母亲气得说不出话来。

再说人家千金小姐还得挑剔他呀！这个姑娘说他学历、工作都挺使人满意，就是不活泼，恐怕今后和他在一块儿生活没多少情趣；那个姑娘虽说他人还老实，可又嫌他工作太远，调动困难。

母亲一看这劲儿就和老头子商量，再找条件低一些的人家。老头子不高兴了，说："干吗，我家大光又不是处理品，还降价？人家挑咱，咱还得挑挑人家呢。不着急，大光不就三十刚出头嘛，还年轻，来日方长，我就不信没有姑娘看上咱大光。让他自己解决这个问题，这对他也是个锻炼嘛。"

就这么着假期完了，他也独自一个回戈壁滩上来了。

宏观微观，大千世界，众相纷陈，无奇不有。柳英既同情，又好笑。她纳闷：你看一眼姑娘怎么啦，能吃了你？但她很敬重他，在她心目中，他既是同学又是她的老师，遇着什么难题，解不开的公式，她总是请教他。他在学院时的才气，绝不在叶子枫之下。但

第三想象综合征

他从不上舞场,他属于那种典型的、生活规律呈三角几何形态"宿舍—饭堂—教室"的老夫子式学生。课余时间,他像卖给图书馆了似的,有事去那儿找他准不空跑。

他轮廓分明的脸上总带着一副沉思的神情,就像为了协调他那透视科学世界的眼镜。眼镜儿啊,它为什么就不能把视角对准姑娘们一下呢?

"柯大光,"她忽然想起一个挺有意思的问题,"如果你认真地看一眼姑娘,那又会怎么样呢?"

"觉得很不好意思,也不怎么礼貌。主要是心跳一下会加快的。"

"刚才我发现你看了我一眼,这会儿心跳得快吗?"她乐了,笑得眉梢都在跳。

"这会儿好像倒没有。"他老老实实地回答。

"咦,怪了,那为什么呢?"

"你跟她们不一样。"他似乎是很自然地说了这句话。

这下柳英忽然心跳加快了,像有只兔子拱进心窝里。

三天后的发射日,导弹将靶标击落,她和他随同几个小组去寻找坠落的靶标。这是一件苦差事,虽然知道靶标坠落的大致方向,可在这偌大的戈壁滩上,要想一下找到真不容易呢。常常带上水和干粮,一找就是一整天。

本来用不着教员跟着去找靶标,可为了尽早掌握命中角度和爆炸半径的准确数据,教员们总是跟着寻找小组一块儿跑。

那天走着走着,寻找人员就分散开来,何大光和柳英仍朝着一个方向走,眼睛搜索着戈壁滩,一遍聊着天:"柯大光,你痢疾好些了吗?"

她从来不叫他绰号。

"好多了，我现在的体重还增加了。事儿挺怪，拉着拉着，我的身体反强壮了。大戈壁在锻炼人的同时也改造了人，让人变得越来越适应大戈壁。"

"你从来没想过要调回去吗？"

他撸下头上的军帽擦着额头上的汗，大步走在强烈的阳光里，泛着一道道汗碱白痕的军上衣在不很强壮的身上飘动。他自问自答地说着："想过，可我走了吗？没有。我知道在戈壁滩上待一生，是很艰难的，可这也算不了什么。人在那儿过还不就那么几十年？与其庸庸碌碌活一生，不如痛痛快快干它一辈子。当然，并非人人都可以独辟蹊径、轰动世界的。但一个人不停顿地追求，毫无保留地献身于某一项事业，即令人们不知道他的名字，也打心里感谢他们。就像革命胜利了，人民给将军们挂上勋章，同时也为那些在胜利前死去的许多不知名的士兵们竖起了英雄纪念碑一样。一个人要想造福人类，是不能不做出某种牺牲的，正是由于这种牺牲，他的一生才活得充实、死而无怨。用佛门弟子的说法，这叫精神超脱；用世俗庸人的说法，这是自我安慰；对于共产党人来说，这是思想升华。"

他滔滔不绝地说完了这一大段话，然后两人又是久久地沉默，只有解放鞋踩得鹅卵石、片页岩咯吱吱作响。

两人虽是老同学了，可像今天这样敞开心扉地交谈似乎还是第一次。柳英惊奇地发现原来他很健谈，可在同学们的眼里他有点傻里傻气的。记得她有一次半开玩笑半认真地对刘丽说："怎么样？嫁给柯大光吧？"

刘丽忙摇头："人倒是个好人，可那股傻气我受不了。"

第三想象综合征

他傻吗？她深情地望着他，心里在说：不，大智若愚。过去，她总感到叶子枫身上缺点什么，可又看不真切。现在她看到了，感触到了，他缺乏的是献身事业的雄心和百折不挠的气质。

性格外在的人，往往使人轻信为热情；坦率性格内向的人，却常被人误解为孤傲，冷漠。人们总是需要一定的时间才能发现前者的不足，后者的光彩。

中午，正是戈壁最炎热的时候，他们在一个小沙丘边坐下休息。她摇摇水壶，空了。他递过只水壶，又塞来块压缩饼干。她老实不客气地吃喝起来。突然，她噎住似的停住，难堪地望着他。他正捧着书在看，腰弯成一张弓，镜片快贴上书本了。一个朴实无饰，却满腹才华；文静寡言，却又感情丰富的人。她的心里不知怎么乱糟糟的。她把水壶递过去："哎，你喝。"

"噢，好……不渴，不渴！"

"我要你喝嘛。"

柯大光抬起头，正触着她的目光，吓了一跳。从她那滚烫的目光里，他看到用感情书写的文字。他没有退缩，生平第二次用这样大胆的目光注视着她，一个丰韵未衰的异性。

柯大光清楚地记得刚进大学的那天，他低着头走进饭堂，心里正思索着一个公式的解法。忽然，他感到这座开饭前又是筷子敲响瓷盆，又是饭勺碰撞饭盒的嘈杂饭堂，此刻异常寂静。他诧异地抬起头，顺着众人的目光向五号打菜窗口前的队伍末尾望去，不由地眼前一亮：一个窈窕俊美的姑娘恬静得像一枝文竹，正端着个搪瓷碗站在那里等候打饭。噢，简直是造物主的精品。第二天他才知道，她就是自己的同班同学柳英。那会儿多少人爱慕她、倾心她，他也从心底敬重她。可是柯大光却总是躲着她，从不敢正眼看她，仿佛他的目光是有形的，扫过去会碰坏了这尊玉雕珍品。

而此刻在这苍茫的大戈壁上，他也不知哪来的勇气，涨红着脸，诚恳地对她说："柳英同志，这些年来你吃苦了，一个女同志独自生活在这里很不容易，如果你不觉得我傻，我们……"

"不，你别说了。"她突然粗暴地打断了他。凭着一个女人的敏感，她突然意识到他下面要说什么。但是不能啊，她是一个离过婚的人，或者无情地说是个被人遗弃的人。他有才学，为人诚实，应该获得更纯真的爱情。

可他还是接着说下去了："我丝毫没有怜悯的意思。我一直很喜欢你，可我没有勇气。如果你肯谅解我的话，我不能再失去这样的机会了。我们一起生活吧，莎莎是我们的孩子。"

泪，无声地缓缓流下，她偏过脸，用力憋出一个字："不！"

他失望了："我太傻吗？太傻……我怎么会傻得呢？我……"

"不。"她扭过脸来，两行热泪在她那被晒红的脸颊上闪亮，"你傻得……我喜欢。"最后三个字微弱得几乎听不清，可他听清了。

一道惊喜的闪电在他双眸里掠过，他一跃而起跑出很远去。等他回来时，手里抱着一大束金灿灿的沙枣花。"柳英，让它作为我们爱情的信物吧。"

她接了过来，轻轻地挨个吻着小小的花朵……

戈壁的路，仿佛永远没有终点地延伸着。

风渐渐平息了，天空变得明净起来。远远的天边，那泛着淡淡霞辉的地方，发射场隐隐在望了。"解放牌"憋足了力气向晚霞驶去。

她摘下帽子，摸出笔记本，想再核对一下这次改装导弹的几个参数。

晚霞越来越浓，把她略显灰白的短发镀上层红光。此时，在我们辽阔祖国的许多地方，都已是华灯齐放的时候了，姑娘和小伙子们开始了第一轮舞步；恋人们挽臂走进音乐大厅；年轻的少妇推着婴儿车在公园漫步；慈祥的母亲伴着儿女们坐在电视屏幕前……人们可曾想到啊，在这同一个时辰里，祖国大西北的荒漠上，有一个女人、一个妻子、一个母亲还在奔波中，脚下是被夕阳染得像条金色的项链的戈壁之路。

八

C号地区所有人员统一由基地营建科长兼勘测队长徐守诚指挥，分成十个小组展开扇面向西北方向寻找。

柯大光失踪后的第四天上午九点钟光景，第六小组在二十六公里的地方找到柯大光遗落的水壶。情况向基地汇报后不久便收到回电：徐守诚速回基地汇报详情。

从昨天起，航空兵部队又向基地增派一架008号直升机，加强空中寻找力量。徐守诚乘这架飞机飞回基地。飞机刚在基地大院外的临时停机场降落，一辆吉普车开过来。司机从车窗里探出脑袋喊着："徐科长，司令员派我来接你，快上车。"

这里离基地办公大楼才一里多路，鲁震东还派个车来，可见他等待之急迫。徐守诚忙钻进车，吉普一溜烟开走了。快进基地大门时，车前出现一个姑娘苗条的身影，她站在路边的小沙丘上面西而眺。

"这个姑娘在这干什么？"徐守诚问司机。

"等她爸爸。"司机头也没偏地回答。

"谁？"

"柯大光。"

"啊？是莎莎。"徐守诚心里一阵难以名状的痛楚。

老基地的人谁不熟悉莎莎？那时候，在这多是男人、单身汉的基地里，她简直成了人们闲谈时候的重要话题。那些还没当过爸爸的小伙子们，排着队轮流进屋看望莎莎，然后脸红脖粗地争论着她长得像谁，甚至开始操心没有托儿所怎么办，她以后在哪儿上学的问题。一个懵懂无知的小生命，牵动多少人的心啊，大伙儿甚至感到戈壁滩比过去有意思了。因为寂静之夜，常听到莎莎那响亮的啼哭，接着又传出柳英那柔软、甜蜜的催眠曲。哭声与催眠曲的交响，简直胜过那飘自天国的仙乐，大伙儿争着把自己储存的一点营养品送给莎莎：奶粉、麦乳精、白糖……有的没啥送的，跑到服务社买上斤把水果糖塞到莎莎的褓褓下面，弄得柳英哭笑不得。

在基地人爱抚的目光里，莎莎满月了。

中国的许多地方，都有吃满月酒的习惯。莎莎满月这天，鲁震东无意中发现基地的各个食堂，不约而同地晚上加餐。司令员回去和老伴一商量，便向全机关人发出邀请，他晚上要为莎莎举行满月酒会。

夜风流动，弦月游移。人们一群群换着班，涌向司令员的家。

司令员家的小院里，当间摆张大方桌，桌上立着十只葡萄酒瓶。家里所有的能充当酒具的饭碗、茶杯，全被斟上殷红的酒浆。陈大姐把从内地带来的、一直没舍得吃的半面口袋花生全炒了，屋里一片酒香和剥花生的"噼啪"声。鲁震东俨然一副当家老爷子的神气，高举着大海碗，向客人们招呼着："来来来，同志们，都端起酒来，为我们基地的女儿和她光荣的母亲干杯……噢，不不，干一口，干一杯酒可就不够这么多人喝的了。我们为莎莎的健康成长而祝福！"

一阵叮当乱响的碰"杯"之后，又是一片饮酒的"滋溜"声。莎莎大睁着俊俏的眼睛，被人们传来传去地轮流抱着。陈大姐像忠实的卫士一样，寸步不离莎莎左右，严格地护卫着她。她怕那些皮肤粗糙、胡茬铁硬的戈壁军人亲莎莎，蹭破她嫩豆腐似的小脸蛋。鲁震东几次想用脸颊贴贴莎莎的小脸，都被陈大姐毫不留情地用手挡住了。

人群里不时爆发出一阵阵淋漓酣畅的欢笑。

柳英站在角落里望着大伙儿幸福地微笑着，两颊红晕，充满了一个母亲的骄傲和对众人的感激之情。

鲁震东轻轻抱着又传到他怀里的莎莎，像搂着一件易碎的玻璃器皿那样小心翼翼。他压低了嗡嗡响的嗓音说："我要给大家的兴头上泼点冷水，莎莎过些天就要送回她姥姥家去了。这是没有办法的，因为眼下我们基地还没有幼儿园、学校。但是，我们的事业是个长久的事业，我们要在戈壁上扎根，就要像样地建设我们的基地。往后什么电影院、招待所、俱乐部、洗澡堂，我们全都要搞。对待生活，我们也要像对待事业一样认真。"

大伙儿兴奋地鼓起掌来。一群群人涌上来抢莎莎："让我们再抱抱她。"

莎莎，这个柔若无骨的小生命，又继续被一双双粗壮的手臂接过来，传下去。刚满月的莎莎要离开基地了。惋惜的气氛，轻轻笼上了人们的心头。

徐守诚收回自己的思绪，快步走进司令员办公室。

"你再想想，他就再没多带些水吗？"鲁震东舞着拳头大吼着。缺少睡眠和连日的焦虑，使得他两眼发红，面色铁青。

徐守诚垂着脑袋，疲惫地站在鲁震东面前。他真想告诉鲁震东，柯大光身上还有一壶水。可柯大光没有啊，仅有的那壶水还是他徐守诚亲手给他背上的。因为半个月的时间里，全队拼了似的抢时间测出上百个图根点，就只剩最后一个点了。但连续工作的劳累，加上天气冷热无常，带去的水也快光了，不少同志病倒了。柯大光重感冒刚退高烧，一看队里这种情况，坚决要求去测最后一个点。自己拗不过他，就又挑了两名身体好点儿的同志和他一块儿去，将全队剩下的最后小半桶水，给他们每人灌了一壶带上。他真后悔不该让病后身子还很虚弱的柯大光去，如果是个健壮的同志，或许还不会出事，水光了也能再顶两天。因为根据当时的风向和寻找结果来看，很可能是在柯大光无力倒下时被风沙掩埋了，但他怎么也没想到风沙会在那时候刮起来呀。

徐守诚抬起头来："司令员，你狠狠尅我吧。"

"好了，现在不是批评的时候。你马上回去，按我们刚才研究的方案，集中一半人员细细地把三号区域再找一遍。我感觉他就在那儿，戈壁滩搂翻个个也要找到，要快！"

徐守诚"啪"地敬了个礼："找不到大光我不来见你。"说罢，他转身冲出办公室。匆忙间，半块干硬的面包从他破军装的口袋里落到水磨石地面上。

九

女人这一生啊，比男人多多少忧愁。

柳英千里迢迢把莎莎送回故乡，托母亲照管的时候，正是国家三年困难时期，六亿人把裤带勒了又勒，紧了又紧。江南，这个自古以来的鱼米之乡，人们也只能去拔田里的稻茬子做淀粉充饥。剩下的稻茬上刚生出的"二稻子"，被孩子们大把大把地扯下往嘴里塞，跟牛吃草似的，那情景让铁心肠的人看了也要掉泪。

离家时，她把自己的全部积攒都留下了。可是这点钱能顶多大用场？两块钱买四个鸡蛋，还有一个是臭的。那会儿顶便宜的是不能吃的东西：五块钱可以买一架九成新的"华山牌"照相机；二十块钱买一架乌木雕花大立柜……可刚满月的莎莎需要的是营养啊。生在那几个年头的孩子，受了多大的委屈哟。柳英竭力憋住不让眼泪掉下来，对枯瘦的老母亲说："妈妈，您把我抚养大，操了多少心，我没能报答您，侍奉您和爸爸，又给您添上个累赘，我……"

"别说这话，这是我女儿的血肉，我高兴抚养她，你有难处，妈我懂。"

"能买到奶粉就喂她点奶粉，实在买不到，就让她喝米汤，您和爸爸上了年纪，不要太为她节省。能养活她，你们就费点心；实在养不活，女儿也不会埋怨你们，那是她命该……"话没说完，蓄满眼窝的泪珠纷纷跌落。

"放心吧，日子再怎么苦，也不能难为了孩子，我跟你爸爸哪怕扎住脖子，也不能少了她一口吃的，你别挂念她……"说着说着，母亲竟呜呜哭起来。柳英心像刀剜般地疼。实在听不得两个女人的哭声，父亲揉着眼睛躲到里屋去了。

五年后，柳英再回去探亲时，莎莎长得齐她腰高了。基因的功能太奇妙了，母女俩简直像一个模子铸出来的石膏塑像般相像。可莎莎就是不去亲近她，总是躲得远远的，用一种陌生的目光窥望着这个女军人。在家只待了十二天，一支新组建的导弹发射部队进场了，教学任务在等着她，她提前返回基地了。

车站的月台上，站着送行的老母亲和莎莎。绿旗扬起，列车欲发。

"莎莎，快跟妈妈再见！"柳英向莎莎招着手。

"嗯——"莎莎扭动着腰肢，"不嘛！"

"这孩子，听姥姥话，叫妈妈。"

莎莎还是噘着小嘴。

姥姥威胁说："莎莎，你不叫，回头姥姥不疼你了。"

柳英紧张地注视着莎莎，亲切地笑着。终于，一声稚声稚气的童音，怯怯地吐了出来："妈妈。"一说完，就赶紧躲到姥姥身后去。

泪，一下子涌出柳英的眼窝。她忙捂住嘴，飞快地转身跑上火车，伏在茶几上无声地啜泣着。

她是一路哭着回基地的。大戈壁啊，改变了她的模样，磨砺了她的性格，可母爱是无法泯灭的天性。

从此，在她宿舍的墙壁上，出现了一道道用红蓝铅笔画出的细细红线。线的一端是用蓝色标注的日期：

1964 年 6 月 1 日

第三想象综合征

1970 年 6 月 1 日
1977 年 6 月 1 日

每年"六一儿童节"这天，母亲会来信告诉她：莎莎又长高了几厘米。这时，墙壁上的红线就会向上升高一道。夜阑人静时，她会一连几个小时地坐在椅子上，盯着这些只有她和柯大光才能看懂的红线出神，不厌其烦地在心里揣摩着莎莎抽条、发育的形象，心中充满了母亲最真挚的思念。

打那次探家回来以后，刚和她结合不久的柯大光发现她变化很大，从来都是只啃业务书的她，在托人从北京买回的资料书、工具书里竟夹着一本《毛线编织法》。柯大光惊奇得不啻听到爱因斯坦洗尿布、耶稣和一个异教徒打牌的荒诞传闻。然而这是真的，而且她学得格外上心，什么"元宝针""反拧花""波浪纹""高领衫"……名堂多了。军人服务社一到色泽鲜艳的毛线她就买，然后织成毛衣寄回去给莎莎。

柯大光很快就理解了：她是要借此补偿孩子应得的母爱，让她感受到母亲的温暖。

她常这样问柯大光："孩子从小就离开父母，长大了她会抱怨我们吗？"

"但愿她能理解我们。"

可莎莎不理解："妈妈，很多人都从农村钻进城市，从边疆迁到内地，你和爸爸在那儿十几年了为什么还不回来？是什么吸引着你们，还是没别人有门路？看到别人家欢欢喜喜团聚在一起过年过节的时候，我就特别想你们，姥姥一念叨起你们就抹眼泪。妈妈，你们为什么不调回来呢？"

莎莎第一次写信就这样问母亲。

女儿大了，再不是一点生活上的疼爱就算尽了父母责任的年龄了。孩子已经站在生活的大门口，需要父母在身边指导她的思想和生活。柳英夫妇都明显地意识到这一点。莎莎承袭了母亲聪慧的天赋，高中毕业时赶上粉碎"四人帮"后的恢复高考，顺利地考入南京医学院。大学的第一个寒假里，柳英要她来基地度假，该让她看看父母工作生活的地方了。

可戈壁滩却用猛烈的大风雪迎接这位来自江南的小客人。莎莎一下火车，漫天飞雪飘得正欢，西北风卷着雪粒，发出怪声怪气的呼哨，向着莎莎迎面扑来。她不由得一声惊叫，戴着皮手套的手紧紧捂住脑袋。

搭乘送人的便车来接她的柳英，岿然不动地站在大风雪里，望着女儿的狼狈样发笑。女儿成大人了，这个十九岁的少女身材颀长，时尚的海蓝色鸭绒登山服，柔软地裹着她苗条的腰身；下身穿着笔挺的浅灰色毛华达呢罩裤，裤脚塞在半高腰捷克式小牛皮靴里，靴筒口一圈两指宽的洁白的羊毛。

这身打扮在内地或许算不了什么，可在戈壁的风雪中，在柳英的目光里，显得那么华贵。柳英欣喜中竟含着几分担忧：出众的女性，本身就带有自己觉察不到的不幸的种子。她不由想到女儿的生活过于顺利，只是还不懂得生活艰难的一面，就像她不曾料到，在她旅途的这一站上有大风雪等待着她一样。

柳英微笑着走上前，脱下军大衣，轻轻裹在她身上。莎莎慢慢放下手臂，连衣风雪帽里露出一张冻得红扑扑的俊俏脸蛋。她眨眨眼睛："妈妈，你来接我的？"她四下环顾，问，"爸爸他没来吗？"

柳英搂着女儿的肩："你爸爸忙着呢，我代表还不行啊。"说着,她弯下腰捏捏莎莎的腿,"哟,只穿一条毛线裤,这里可俏不得呀,比不了南方,会冻坏你的。"

"哦,太可怕了。妈妈,听说会冻掉鼻子,是吗?"那声音认真而又天真。

柳英笑了:"妈妈在这二十年了,你瞧我的鼻子不是好好长着呢吗?走,跟车回家吧。"

吉普车顶着风,呼哧呼哧地吃力地行驶着,雨刮子不停地使劲刮去堆在窗上的落雪。莎莎向车窗上呵口气,小心地用葱白似的手指抹掉冰凌和水雾,向外略略张上一眼,嘀,风雪茫茫,天地间混浊的如同地球还是个充满尘埃和气体质点的"星云体"。一道道风雾雪浪升降翻动,像要把这块土地掀翻个个儿,莎莎吓得赶紧缩回脑袋。

这就是家吗?还不如她的学生宿舍呢,她那八个人一间的宿舍虽然拥挤,东西杂乱,可让人感到充实。这个家却简单清冷得让人寒心。二十多年,爸爸妈妈就是这样生活的?除了公家配备的、上面白漆印着"基地营具"字样的几件床、桌、椅,全部家当送到寄卖店绝不超过五百块钱。然而莎莎不明白,爸爸妈妈怎么过得那么快活。

她们从车站回到家,柯大光已经下班回来,正在桌上被清理开的一块地方揉面。柳英快乐地嚷了句:"我们的特级厨师,今天用什么款待莎莎?"

"猫耳朵,北方饭。"柯大光答道。

"嗯,名字挺邪乎,不知道味道如何?"柳英兴致很好地向莎莎挤了挤眼睛。

"莎莎,你赶上你妈妈高了。我早就说过你会超过她的,按照人种进化的规律来说，也应该是这样，无论是体质还是智力……"

"哎哟，先放放你的进化论吧，莎莎饿了。"

"对对，就好就好。"他将搓成长条的面团快速地揪下一个个指头大的小面砣砣，然后将面砣砣熟练地捏成一个个猫耳形，再把它放在煤油炉的炒锅上。还没看清他都放了些什么佐料，便见他手腕左翻右翻地炒开了，屋里顿时香味弥漫开来。

"莎莎，快脱下大衣。"柳英将一根木柴片塞进炕洞里，火苗一探一探地露出炕洞，活似一只巴儿狗不停地舔着通红的舌头，满屋热腾腾的。

"猫耳朵"端过来了。一条长凳子充当饭桌，两边摆三个小马扎子，一家人围着长凳子吃开饭了。

"不错，不错，老柯你还真行。这名字听起来怪瘆人的，味道倒不错。你过去好像没露过这一招吗？莎莎，好吃吗？那就多吃点。这段时间我们不吃食堂了，自己做，老柯你看怎么样？浪费就浪费点时间吧，一家人聚在一起难得，莎莎又是第一次来基地度假。"

"可……可以吧。"柯大光直了直脖子，吞下嘴里正嚼着的"猫耳朵"，忙答应着。

"那么就决定喽，明天我值厨，我做顿南方风味的让你们尝一尝。"柳英很神气地宣布。

岂不料柯大光当头一盆凉水泼在她兴头上："得得得，你饶了我吧，你只会做面疙瘩汤，我领教多次了。莎莎，你可别受那份洋罪，告你说吧，什么疙瘩汤噢，就是咱北方糊天棚的糨糊糊。"

家中亲密、和睦的气氛感染了莎莎，她跟着爸爸妈妈大笑起来。多少年来，这间三十平方米的屋子里，第一次欢腾着一家人生动的喧闹。

第三想象综合征

晚上，柳英用一幅大布幔将这间屋隔为两半，她和莎莎睡在里面的火炕上，为柯大光在外半间支起一张铺得厚厚的折叠床，然后便和莎莎裹着被子，半坐半躺在炕上谈家常。柯大光在台灯下继续他的设计，桌上摊了一堆资料，绘图笔、计算尺……

母女俩说着说着，忽然柳英用力吸了吸鼻子："嗯？"忙掀开被子下床，撩开帘子，轻手轻脚地黏在柯大光背后，一伸手拔下夹在他指间的香烟。

"好啊，你又偷偷抽烟。"

"偶尔，偶尔。"柯大光忙用手扶扶眼镜，低声解释着。

"什么偶尔，给你买的戒烟糖呢？"

"这不，正含着呢。"柯大光孩子般天真地说。柳英叹了口气。

里边炕上的莎莎吃吃笑着，裹着柳英的军大衣下了炕，拉开炕边的旅行提箱拉链，取出两盒烟走过来。

柳英还在"教训"他："你呀，身体又不好，还不听话戒烟。你知道这烟的危害吗？"

"知道，知道，烟草中含有大约 6.8 毫克的尼古丁；烟焦油中含有大量的 3.4 苯并芘，具有致癌作用；烟雾中含 3% 到 5% 的一氧化碳，进入血液会造成缺氧。"柯大光滚瓜溜熟地背着。

"你知道为什么还抽？"

"烟草有害，不抽为好。可是……这设计很伤脑筋，这一关攻下来我坚决一根不抽。对，彻底戒。"莎莎捅捅妈妈，晃晃手里的烟。柳英忙挡住，没让柯大光看见，将莎莎拖到布幔里。

柯大光抽烟是从去年年初低空导弹改装失败开始上瘾的。没等到导弹改装成功，他又被调去担负更重要的工作——设计 DK-3 型控制系统，烟，越发戒不掉了。中国几乎所有的女人都反对男人抽烟，可烟这玩意既可恶又奇妙，它同时具有兴奋和抑制两个功能：苦闷时，它使你脑神经兴奋；激动时，它又能导致脑活动性能的降低，让人平静下来。不一会儿，柯大光没烟抽，急得直转悠，坐立不宁，布幔上不断晃动着他的影子。

柳英不忍心了，将莎莎带来的烟扔到帘子那边。

"呵，大桥牌过滤嘴烟。莎莎带来的。莎莎总惦记着爸爸。"柯大光高兴了，重又安静地坐了下来。"妈妈，爸爸挺服你管的嘛！"莎莎笑着问。

"这是表面现象，其实每次都是我最后让步。你看，我连他烟都禁不了。"

柯大光隔着帘子送过来一句："唉，还是我让步的时候多嘛。"

莎莎又笑了。她好生奇怪地问妈妈："这里这么荒凉、单调，你们怎么过得这么快活？"

"是吗？大概是习惯了。"

"妈妈，你们一点都不想回去？"

"想啊，怎么不想，你妈妈又不是木头人。可妈妈是军人啦，军人就得服从安排，听从调动。让我们在这里担负这样的工作，是对我们的信任。"

"信任？如今这讲实惠的年头，最不吃香的职业恐怕就是兵了。妈妈，你都快五十了，也该享点福了。你瞧这家还叫个家吗？和爸爸一起调回去吧，这么苦的地方，干吗非得让你们总待在这儿？可以大轮班吗，让内地的人轮着来尝尝戈壁滩的滋味，不然太不公道了。"

柳英笑起来："瞧你说的，这又不是生产队分口粮，大人小孩

138

第三想象综合征

平摊？怎么还能轮着来呢？就是让他来了，他能干得了这工作吗？别看这儿条件艰苦，不懂行的想来还不要呢。社会上有人看不起当兵的，那是他觉悟低，我们可不能跟他一般见识。军人大多是没有什么财产的，可我们的精神是丰富的，对国家，对人民，我们是无愧的。"

"妈妈，这些大道理我都懂，你和爸爸都是了不起的，可为生活付出的代价也太大了。"

"你以后来这儿工作就知道了，你爸妈干的这行是很有意义的。"

"我可不来这儿，会把我憋死的。"

"你不是说轮班吗？你就来轮妈妈的班吧！"

"我不。我要把你们拖回去。"莎莎撒娇起来，"你们苦没吃够，还让我接着吃啊？妈妈，我困了。"不大会儿，她就甜甜地打起鼾来。

柳英咽下没说完的话，轻轻叹了口气。

人生不过百年，它的意义和价值却让人们思索了几千年。

这是一门极其艰深的学问。十八世纪法国启蒙思想家卢梭曾喟叹说："人类的各种知识中，最有用而又最不完备的，就是关于'人的知识'。"然而，庆幸的是人们并不气馁，仍在锲而不舍地探索着人生的真谛。

第二天下午，柳英领莎莎去看望鲁震东夫妇。鲁震东正在外屋和小兵说着什么，满脸怒容。他一见柳英就嚷道："你来得正好。坐，先坐下。"他用指头点着斜靠在椅上的小兵说，"刚才说什么来着？噢，对了，你说基地物质生活条件太差，对我们这些人吃苦的耐性不可思议，批评我们为什么不能把基地建设得更好一些，对吧？柳英，你给说说。"

"司令员，我……"

"说吧，你亲身参与了基地创造发展的全过程，最有发言权。"

"那好吧！"柳英摘下棉帽，掠了掠短发，微笑着看了莎莎一眼，"这正好是昨天晚上我们母女俩没谈完的话题。"

"司令员，我觉得年轻人不理解我们这代人，这也是正常的，因为他们不了解基地的历史。其实，我们何尝不想好好改善一下基地的生活条件？可是基地创建不久就是三年困难时期，刚度过这场大饥荒，正想发展一下生活，'文革'又开始了。训练基本停顿，导弹部队也不进场了，我们基地成天学习。在这样的非常时期，谁敢提发展生活？但基地没有解体，司令员组织大家钻业务，搞科研，工作一刻没有停止。因为我们相信，不管政治的威力如何巨大，它绝对代替不了导弹，战争一旦爆发，还是需要现代化武器。全基地人宁可忍受着清苦的生活，也没一个提出离开戈壁滩。一个国家，一个民族，没有一批含辛茹苦、豁出命来干的优秀分子，繁荣昌盛永远只是梦幻。我们不是喜欢受罪，我们想过好日子，但目前的国家现状，使得我们这群边塞军人必须做出某种牺牲。这是使命，也是一种光荣。所以，你们别看我们物质匮乏，但精神却是饱满的。"

鲁震东感慨道："小兵啊，你看看你柳阿姨，刚到戈壁滩的时候，她是我们全基地最年轻漂亮的姑娘，现在都有这么多白发了。但跟你柯叔叔一样，现在还是个普通教员。他们图的是什么？是国防强大。有人说导弹是现代国防的支柱，不对，真正的支柱是像你柳阿姨、柯叔叔这样把全部的青春和智慧献给国防现代化的中国军人。"

莎莎低下了头。懒散地歪在椅子上的小兵渐渐挺起了腰。

第三想象综合征

十

发射场的天空丝云不生，像块硕大无朋的蓝宝石，看上一眼，会将你带到那奇幻无穷的童话世界里去。阳光下的戈壁滩越发显得空旷浩渺，空旷得柳英心里直发虚。

平时她常在野外奔波，过惯了动荡的生活，越来越喜欢这坦荡开阔的塞外，喜欢戈壁日出的壮丽和大漠蜃景的奇妙。在这里可以尽情地呼吸，从容地行走，待得久了，人的胸襟也好像随着博大起来。几年前回南方探亲，在上海转车时，一出车站顿时感到闷滞：窄窄的街道上人涌如潮，摩肩接踵；汹涌的人流，使得路两旁的高楼大厦就像被冲得摇摇欲溃的堤岸。人挤，车挤，楼挤，挤得她喘不过气来。城市的噪音，使她感到心跳加速，血压升高。无数张陌生的面孔从她眼前晃过，晃得她眼花头晕。上海太小了，小得可怜，当时她格外怀念莽苍苍的大戈壁。可今天心虚什么呢？导弹昨天就反复测试过，没有问题；参加发射的部队练兵多日，自己亲手教出来的，也可以放心。可她还是心里紧张。

这是一次导弹改装后的试射，在这之前已经失败多次了，这次会不会又发生什么意外呢？且不说它凝结着她和改装小组的同志们无数心血，最主要的是国家的安全急需要它。中国导弹的出现和飞速发展，打破了敌人所谓的"高空优势"，敌人又转而研制、使用低空飞行的机型。

空军领导指示：立足现有条件，迅速改革装备，充分发挥它的多种效用。在有关单位的协作下，基地承担起导弹改装任务。这次试射如果成功，它的积极意义不仅仅在于击落低空入侵的敌机，还意味着我们国产的导弹和国外同类型导弹相比，在质量和效能上都将遥遥领先。她作为改装小组的成员之一，在这样一个不平常的日子里激动、不安，是可以想见的。

在她面前，导弹部队成扇面部署在空靶可能出现的方向上。优美的流线体导弹，此时正静静地安卧在发射架上。她身后，不到一公里的范围内，稀疏错落，远近不等地停着一片特种车辆和军用卡车。

九点钟左右，营指挥所接到上级通报：空靶以每小时xxx公里速度向你部所在区域飞行，高度xxxx英尺。营指挥所进入一等准备。

她最后一次叮嘱操纵手：大胆沉着，准确操作。然后，她钻出了操作车，捶了捶弯久了有些酸痛的腰，和非战斗人员退出发射区域。柳英站在隐蔽部里，戴上浅褐色风镜，紧张地注视着发射场上的一切。

目标指示雷达开机搜索，在xxx公里处发现目标——巨型遥控气球拖着的多面体金属。发射部队立即进入一等战斗准备。望着制导雷达天线转动，柳英知道导弹开始捕捉目标了。她在心里念叨着："该做导弹接电动作了。"心里刚想到这儿，三枚银灰色导弹斜指蓝天，和制导天线进入同步状态。

一分钟后，一枚导弹架下"轰"地腾起巨大的炽烈的火团，浓烟翻卷着，烈焰升腾着；第一级火箭燃烧了。导弹，像涅槃的凤凰扶摇而起，拖着一条火亮的尾巴。第一级火箭脱落，第二级火箭续航，速度越来越快，转眼消失了。这是何等瑰丽、壮美的奇观啊，十几秒钟的时间里，充分展露了人类智慧的光华和科学技术的威力。此时此境，它能让一颗昏庸的心兴奋跳动，它能叫一个凡俗的人血液沸腾。

不远的蓝天上，一团小小的白烟爆开了，像节日的礼花。很快地雷达车荧光屏前传来操纵员的报告："命中目标！"

顿时，隐蔽部里的所有人员全冲出来，呼喊着、跳跃着，不停地挥舞着双臂。她跑在最前面，抓住刚从指挥车上下来的年轻营长，死命捶着他宽阔厚实的胸脯，欣喜若狂，泪流满面。

年轻的营长抓着柳英的手，连声说道："胜利了，柳大姐，我们胜利了！"

她喉头哽咽说不出话来，伸手掏出手绢揩泪。手绢带出的一张纸条飘落在地上，营长弯腰捡起来一看，是司令员前天拍来的电报：发现柯大光水壶，寻找在继续。

"柳大姐，柯教员这两天有消息吗？"

她摇着头。今天是柯大光失踪的第五天了，司令员没电报来，说明还没找到。几天来全身心投入试射准备工作中，一直不敢想他。这会儿一提到他，不禁一阵晕眩，两腿发软，难以自抑地踉跄了两步。营长忙扶住她："柳大姐，你……"

柳英声微言急地："请给司令员发个报，我要回基地！"

"好的，柳大姐。"营长掏出笔记本，迅速写下两行电文，扭头喊道，"通信员！"

一个小战士跑过来。

"马上把这份电报发出去，要快！"

"是！"

一小时后，一架银白色直升机降落在发射场边，将她接回基地。

鲁震东早已站在基地大院外的临时停机场等候柳英。

柳英一下飞机，鲁震东就握住她的手："祝贺你试射成功。"

柳英笑笑，请求说："司令员，我想去现场看看。"

鲁震东明白了，说："我正要去那里，走，上飞机。"

柳英手里攥着那束去发射场的路上采撷的沙枣花，花儿早憔悴了，仍然黄得那么可爱。她小心地擎着花枝，跟着重又登上飞机。

这就是 C 号地区，一片荒若远古的地隅。

满地的粗砂，含着细碎的云母颗粒，在阳光下熠熠发亮。风成沙纹像凝固的涟漪，沙丘起伏如静止的波浪。目力所及处全是无生命的土黄色。

她怔怔地站在那里，微风撩动她稍稍凌乱的灰发。勘测队的一个同志在向身后的鲁震东汇报着什么，她没听见，酸涩的眼睛望着前方，越过这片没有涛声的瀚海，直向那遥远的地平线。地平线像是地球的尽头，似乎再向前迈出一步，便会跌入无边的大气层里，脱离了地球，在宇宙间飞翔。

这种幻觉推动着她缓缓向前走去。

鲁震东身着只是迎接贵客才穿的新军衣，领着一帮随行人员，跟在她后面，保持一定的距离。

她两脚踏出一行浅浅的不断延伸的足迹，一路上心里都在呼唤："大光，你在哪儿？我和司令员接你来了！你听到两个小时之前的那声轰响吗？那是我们改革的导弹试射成功了！你快回来吧，明天我们一块参加基地的祝捷大会。"

沙漠沮丧地沉默着。

她沉重的脚步一下一下地像在擂着沙漠的胸膛。金黄的沙枣花瓣，一片一片地随着她的脚步悠悠飘落。爱情的信物啊，你要成为

第三想象综合征

死难的祭品吗？不，他活着，一定活着。他会回来的，他离不开他相濡以沫的妻子；他还将主持 DK-3 型导弹制导系统的研制；他还会和她一起往返在基地——发射场的路上的。那不？她泪眼模糊的视野里，他正在远远的沙漠里向她微笑着，镜片后面是她熟悉的、充满智慧的眼眸。只是人更消瘦了，消瘦的脸上黑黄黑黄，嘴唇干裂地布着血丝。她不觉加快步子，迎上前去。眼一眨，那影像竟化作一枚矗立的导弹。流线型的弹体上，主翼，尾翼像舒展欲翔的翅膀。导弹，你的两级火箭里仅仅是液体和固体的燃料吗？不，还有我们基地人无数痛苦和欢欣在燃烧，才把你推向浩渺的空间的。

她惯地伸出手要抚摸它光洁的弹体，导弹消失了。在导弹消失的地方，他跟跟跄跄地迎面走来，褴褛的衣衫上披着风尘。他背负着与沙海搏斗五昼夜的饥渴、疲惫、病痛，肩上还扛着那根红白相间的标杆，向着她走啊走，走不动就爬，紧咬的嘴唇滴着血，臂肘和膝盖血肉模糊……她心疼欲碎地闭上眼睛。再睁开时，又是导弹那为祖国和平的天空随时准备献身的铁甲卫士威严的躯体。

柯大光——导弹，导弹——柯大光……

幻想在她眼前交替出现，又叠为一体，似乎永远也不会消逝，永远这样吸引着她，激动着她。这是她两个范畴的爱，是她生命的磁极。

鲁震东刚调来的警卫员目睹这场面，悄悄地问身边的赵参谋："她是谁？"

走在前面的鲁震东听到了，不加思索地回答："基地的母亲！"

年轻的警卫员惊愕了，但他很快会理解这一切的。

远处，一个银色的亮点正在向他们飞来……

（发表于《长江》1983年第2期）

空降高度四百米

从飞机右舷窗望出去，露水打湿的太阳艳红而潮润，正在远山巅上那抹蓝茵茵的云里旋转着上升。它使劲儿地扭动自己灼热的躯体，要挣脱那抹带状云的缠裹。云，却比它更固执，更韧性，被撕扯得丝丝绺绺，仍纠缠住它不放，紧紧地黏在它身上。太阳愤怒得脸色发黄，加速旋转起来。云缕终于精疲力竭，渐渐地从它圆曲的底部滑落，滑落……还剩下最后一根云丝。太阳飘走了，像只红气球飘向飞机尾舵的后方。

伞兵班长倪原惋惜地从右舷窗前，转过那张英气勃勃的面孔。

这架塞着整整一个伞兵连的大型军用运输机，正呈四十五度角爬高，四台发动机如同四只硕大无朋的蜜蜂嗡嗡着，让人觉得满世界都在微震中。舱里暖烘烘的，有股淡淡的汽油味儿。两边的折叠凳上，伞兵们手搭备份伞包相向而坐。

倪原忽然发现机舱里有些异样，大伙儿不像往常那样可着嗓门唱歌，而是都在望着他的六班发笑。那眼神似乎在说：瞧啊，把六班往第一跳伞序列班的位置上一摆，他们威风得眼珠子都不会转了。他侧转脸来挨个瞅瞅：马旺旺、肖若妹、赵富全……郑达龙坐在机尾第一名跳伞员的位置上，庄严地面对舱门。

他不禁也想笑。班里的人一个个腰板挺拔，军衣上扯得全是竖折子；两眼目视前方，专注得几乎达到夸张的地步；过分肃穆的表情使面部皮肤绷得太紧，肌肉线条有些僵硬。在光线不太充足，钢盔、军衣都变得暗绿的机舱里，这一班人纹丝不动，如同七尊青铜雕像。

但倪原没有笑，他被感动了。他知道这绝不是无聊的装腔作势。不错，其他任何一个班都不止一次地充当过第一跳伞序列班，对此早已不甚新鲜了。可对六班，这却像是一位少女第一次穿上一件漂亮的花衣裳。更何况这次远距离空降适应性训练，是现代战争条件下作战训练的一个新课题，连师长也没搞过。其方案是七个小时飞越大半个中国，然后在大西北的戈壁滩上，实施高难度的四百米低空跳伞。

为争这个第一跳伞序列班，倪原硬是跟连长蘑菇了好几天，要不，红四连怎么也轮不着六班打头阵啊。

在这个功勋等身、英雄如云、光抗美援朝上甘岭一战就足够它享誉全军的连队，历史似乎过于难为六班了，唯独它是个既没出过英雄，也没立下战功的班。如果说红四连是场革命英雄主义的风暴，那么六班就是风眼儿，平静得出奇。空军记者站的李记者来红四连多少趟，几乎报道过所有的英雄班：攻坚一班，爆破大王段二柱生前所在班，十勇士三班，孤胆英雄鲁金海班，硬骨头五班，特等功臣七班……他竟然没察觉出这功勋的群山中，还有一条无名谷地——六班。六班人的日子过得可想而知——实在不是味儿。

倪原想起那次，就是坐他身边的这个长得圆头圆脑的新兵马旺旺，参观连队荣誉室回来，喋喋不休地问："郑老兵，咱连的军旗老鼻子了，墙上挂的、桌上摞的，到底有多少啊？"

"恐怕有两百八十面了吧！"郑达龙粗声闷气地说。

"干吗恐怕？"

"记不清了，我三年前进去过。"

六班的人只要去过荣誉室一次，便像忘了"芝麻，芝麻，开开门吧"的咒语，再也不会进去了。

可马旺旺不知其中苦涩，惊叹道："那面大旗子真神气，上面的枪眼数都数不过来。"

"那是假的。"郑达龙烦了，"老连长亲眼看见他的老连长把块红布叠起来，用手枪打的。"

"假的？"马旺旺嘴张得和他脑袋一般圆。

倪原笑了，解释说："这是复制品，原件在北京的军事博物馆展出，比这面旗子还多一个枪眼呢。"

"唉，班长，好像没见有咱班……"

"怎么这么啰唆？"郑达龙蛮横地向他瞪起眼珠子。

也不知哪一年开的头，红四连捣蛋的、窝囊的、身体有点儿毛病的兵，都往六班分。此后年年沿袭，约定俗成。六班也就总处于惯性滑坡状态，消沉，散漫，兵无斗志。连里的人越发瞧不起这个班。去年六班长退伍了，支部征求了一圈意见，可就是没人愿去六班当班长，谁都不想去啃这枚酸果。

后来连长一咬牙，把全连最精干的一班长倪原调到了六班。

舱壁上的高度表指针，稳定在九千英尺处。机组人员打开自动驾驶仪，轻松地啃着苹果，喝起咖啡来。

云，恬淡而明亮地凝聚着，茫茫无垠，让人一下子就想起积雪覆盖的原野，在太阳下闪耀着冰冷的雪光。你仿佛看见远处就有辆马蹄扬雪的爬犁在飞奔。倏忽间，前方又兀立起一座貂紫色的山头。那是秦岭的主峰太白山，可你觉得那是大海温柔地捧着一座小岛。

倪原感慨了：人这一生当中倘不乘坐几次飞机遨游，该多么乏味啊。此刻，他真希望自己是个诗人，面对壮观的云海，悠长地"呵"它几首诗。可他不是，他是个军人，是个面对严峻现实的伞兵。

六班宿舍。

肖若妹躺在床上，耳朵眼流脓似的拖着根白色耳塞子线。马旺旺在整他昨晚尿湿、刚晾干收回的褥垫。两个老兵撅着屁股蹲在地上，用小石头子下"四角棋"，旁边有两个兵抠着脚丫子在观战。

屋里弥漫着一股看不见，却让人感觉沮丧的气氛。

见倪原进来，有个下棋的老兵不咸不淡地招呼了一声："班座上任啦！"说罢，怯怯地瞥了一眼郑达龙。郑达龙歪在被子上用扑克牌算卦，眼皮都没抬，继续玩他的牌。两条浓眉活像死蚕，僵卧在他黝黑而光洁的脸上。这家伙脾气牛倔，当新兵时打架背了个处分，但人还爽直，乐于助人，在班里有些威望，是个"士兵领袖"式的人物。

要带出六班，得先降住他。

倪原径直向郑达龙走过去，在他床上坐下，扔出一支带把儿的"凤凰"。这是他第一次买烟。

"你再摸个二卦就通了。"他故意不看郑达龙,像是对牌说话,"'六指头'被逮起来了。"

蚕眉蠕动了一下。

倪原继续和牌说话:"他把你牵扯到西瓜抢劫案里。那个拉瓜的小伙子被打成重残。你们市公安局来函到团保卫股调查这事儿。"郑达龙急眼了,掼下牌:"我抢瓜吃了,可没碰那拉瓜的一指头。这事儿我当兵三天就跟指导员坦白过,他说既往不咎。"

"知道,知道。"倪原淡淡地说,"你写个案情经过。我也写一个,证实也是那天晚上,你把'六指头'鼻梁骨打折了,救下被他调戏的那个姑娘。她是针织厂的吧?你怕'六指头'一伙报复你,才当兵来了。"

"你怎么知道的?"

"你不是有个老乡在九连吗?既然我是六班班长了,不能不维护自己弟兄们的名誉。"他看到郑达龙若有所思地捡起"凤凰"烟点上,心里一阵松快,说,"好了,不扯这些。大伙儿往一块拢拢,刚上任,我总得白话几句嘛。从今往后,不准无故躺铺板……"

肖若妹跳起来:"我腰疼。"

"别拿对付鬼子那套对付自己人。都是当过几年兵的人,谁还不懂这小把戏。你满打满算跳了九次伞,不可能墩坏了腰。你当兵后我们连没搞过施工,你没有腰肌劳损的机会。要想休息,直说,我让你心安理得地睡上一天。"

肖若妹还想说什么,被倪原的话挡住:"第二,要团结。全班人互相关照。赵富全父亲长年卧床不起,家里生活困难,我们争取帮他申请两笔救济。你自己也别成天没精打采的,谁家都有一本难念的经。马旺旺尿床的毛病几家医院都没治好,不能就这么的了,再为他找医院治。没治好之前……"

倪原从挎包里摸出个新买的旅行小闹钟来（妈妈，这个月不能给您寄钱了），说："每天夜里十二点，三点，由我负责拖他起来撒尿。"

马旺旺还没反应过来，倪原接着说第三条了。

"第三嘛，如今改革是人间正道，我们也不能太保守。班里不少同志想复员，这不为错。可有一条，我们要把工作搞上去，改变六班在连里的地位，你得出点力气再走。年底大伙儿评议，谁出力大谁先走，没出力的继续留下来干。班里通不过，连里也不会给你开绿灯。权力，指导员已经下放给我了

沉默了片刻，郑达龙挺凄惨地问："班长，你真的瞧得起咱们？"

倪原是在冷漠的氛围里长大的，知道被人瞧不起的滋味。但他更清楚：比周围白眼儿更可怕的，是自卑。这种人性的扭曲，能像白蚁一样，把人的意志、热忱，乃至灵魂蛀蚀一空，使人的精神大厦在不知不觉中颓废、坍塌。

倪原是在一个乌砖青瓦，只有一条半里路长的麻条石街道的小镇子上长大的。他不到两岁的时候，母亲和那个三杯下肚就没命揍她的酒鬼离婚了，抱着他从县城回到这个小镇上，摆了个小烟摊过日子。

小镇破旧灰暗，愚昧不化，离婚被视为伤风败俗。镇上的人不许自己的孩子上那个不正经的女人家玩。上学了，镇上的孩子围着他起哄："他爸爸不要他妈了，他妈不好，他爸爸不要她了。"

半夜里，他听见有拨门闩的响动。母亲从床下摸起只鞋砸过去，响动没有了。

"妈妈，门外是什么？"

"野狗。没事了，睡吧。"

可那会儿他已经懂事了，知道母亲人长得好看，镇上的二流子常在他家门前转悠。

然而，母亲很快老了，不到五十，背就微微驼起来。那是她常年守烟摊，一边帮人家做缝补活累的。他在镇上没有要好的小伙伴，孤独得很，放学回来就帮母亲照料烟摊。七岁时，他就知道每一种烟的价格。小小童心，热切地企望所有的人都抽烟，都到他家的烟摊上买烟。直到今天，他依然对抽烟人抱有一种特别的亲切感。

在屈辱中长大的，大多少年老成。小镇给了他冷漠的白眼儿，也磨砺了他坚韧不拔的顽强。他除了是个"不正经"女人的儿子，还是个全校成绩最优秀的学生。

1980年高考，他在报考栏里一连填了三个北大，非北大不考，但他以一分之差落榜了。他不后悔，就他心无旁骛、志在必得的追求而言，其意义并不亚于把名字填上北大的学生名册。即令高考是他无可否认的失败，那也是极为悲壮的。

说完三条施政纲领，倪原站了起来："我母亲常对我说这样一句话：要想让别人看得起，先得自己挺起脊梁。我想把这句话转送给大伙儿。"

忽然，全舱伞兵都按同一个振频，猛地向后倾了一下。飞机第一次落地加油。

舱门一打开，跑道上卷过黄土高原的风，浑浊而强劲。

不知是新手操纵，还是地面风大，飞机着陆颠得厉害，震得人五脏逛荡，很不好受。趁飞机落地，人可以走动了，倪原挨个向舱尾询问过去："怎么样？感觉大吗？"

大伙儿摇摇头。郑达龙梗着脖子："咱不在乎。"

别看郑达龙黝黑结实得跟块生铁砣似的，平衡器官却不太好，五圈滚环一打，嘴唇都乌了。倪原笑笑，知道这是他口头禅。他什么都不在乎，"咱不在乎六班有没有荣誉。有，咱带不走；没有，咱也不少吃一块馍。比咱干得好又怎么样？咱不在乎。"

其实他最在乎。

那次伞训动员会上，各班展开了挑应战。

这是一场精神上的较量，每个班都神气抖抖地宣布自己的挑应战条件，快活地又喊又叫。因为从今天起，他们就有了一个明确无误的对手了，而且都想在交手之前，先从精神上镇住对方。

一班向二班挑了战，四班应了三班的条件……倪原早和班里的人商量拟定了几条应战措施，只等五班挑战。可是五班长他不，眼睛压根儿就没往六班瞅，仿佛紧挨着他们五班坐的这一列纵队，是一溜无生命的木桩子。他跳过六班向七班挑战。最后连炊事班都有对手了，六班却轮空。

这突如其来的羞辱，连倪原也觉得脸上实在挂不住，他霍地站起来，果断地做出了这场合下唯一正确的决断。他车转身向全班喊道："我们向全连同志挑战，六班的敢不敢哪？"

"敢——"马旺旺挥舞着拳头大叫。可他突然发现全班只有他一个人应答，忙缩回脖子，窘得抬不起头。

全连"轰"地笑起来。

倪原心里一股火，蛇似的乱窜，真恨不能把六班这伙窝囊废饱揍一顿。他好不容易才冷静下来，故意清清嗓子，说："咳咳，这样吧，我们班表个态，还是套用大伙儿常说的那句话：是英雄，是好汉，伞训场上比比看。"

"嘿嘿……嘿嘿嘿……"五班长阴阳怪气地笑起来，咬住四班长耳根，声却又调到全连人恰好都能听见的音量，"六班从来就不出英雄好汉。"

只听呼啦啦一阵风响，六班人全都站起来了，一副士可杀而不可辱的神态，直冲五班长瞪眼睛。

郑达龙狼似的从后面扑上来："李才德，你他妈有什么了不起？硬骨头五班的称号又不是你挣的，你不过投胎投了好人家，沾了前人的光，凭什么笑话六班？老子根本就没把你放眼里。瞧你那武大郎的个儿，踮起脚尖脑袋都蹭不着我蛋。"

倪原怕事情闹得不可收场，沉下脸来："郑达龙，干吗？都给我坐下。"

六班有救。欣喜，飓风般掠过这个倪原的全身，像摄取了过多的热量，他奇怪地打了个寒噤。

飞机很快加好油，再次起飞了。机翼下，沉甸甸的黄土高原上，那毗连不断的梁峁沟壑，轻盈地漂流东去。

空中风一定很大，倪原猜想。

他盯着对面那孔圆圆的舷窗，窗上横着的那条流畅的云层曲线，飘逸地变化着起伏度。大朵大朵的云，在空中碰撞，在挤压；扭结，再疏散；沉陷，又扬起；无声地蓬勃，缄默地激荡……大自然洋溢着无处不在的生命力。

今晚有暴雨。

第三想象综合征

正要开晚饭，营里来了命令：红四连火速赶到团办公楼建筑工地，突击抢铺水泥预制板。

云朵铁青着脸，汇成奔涌的潮头，从西边排空而来，把营区上方那有限的空间，挤得满满当当。云层越积越厚，大片大片地沉压下来，悬在工地旁的那株老槐的树梢上。天光顿敛，燥热窒闷。

新建的团部办公楼二楼顶上，还差两百多块水泥预制板没铺。

连长把一面做工精细的三角形优胜旗，往工棚的一根出头椽子上一挂，喊了声："以班为组，八个人抬块板子。哪个班抬得多，就把旗子摘走。"

大伙儿扒掉绿衣蓝裤，露出红的、蓝的、绿的背心，像在暮色铅云下，燃起了一簇簇炭红的、钢蓝的、蛮绿的火焰。

倪原叫拢全班，朝那面三角旗一指："不许装熊，把那玩意儿摘下来挂我们班去。"

肖若妹一声狂喊："六班的弟兄们，上啊——"全班人像群疯子，手舞足蹈地嗷嗷叫。

郑达龙扯着喉咙喊："挑大个儿的，小个儿的给英雄班留下。"

大块的水泥预制板八百多斤，小块的也有四百多斤。

本来谁也没留意六班，可是郑达龙这一嗓子把英雄班们给喊恼了："嗨嗨，兔子要能拉车，谁还养马啊！来呀，干出个样儿让六班人见识见识。"

"干哪，栽到六班手里，那可丢死人了。"

六班到底不如英雄班久征惯战，一个多小时下来就显出后劲儿不足。郑达龙领着胡乱喊起了拉歌用的号子：

"六班的呀吆——"

"嗨嘿！"

"跟他们干哪吆——"

"嘀嘿"……

天擦黑时，工地上还剩下最后一块大板子，全连都围上去抢。五班长一脚踏住它："让六班抬！"

倪原感激地看了五班长一眼，他相信这不是为了要看他们班的笑话。他默默地将八个铁钩钩住板子，班里的人随即托起了抬杠。上肩。起——

雨下起来了，无数根连天接地的雨柱子，溅起扑鼻的土腥味儿。通往楼顶的竹跳板，咻溜溜直打滑。步子乱了，跳板在脚下可怕地颤抖着。"扑通"，马旺旺一条腿疲乏地跪下了，小腿出溜到跳板外悬着。全班人停在半空中不敢动，一动就往后滑坡。

见此情景，楼下有几个战士想冲上去，帮六班推一把。五班长粗暴地吼起来："回来！六班能抬上去。"

"稳住。"倪原扭过脖子，"马旺旺，听见了吗？全连都在看着我们，憋口气站起来。"

"我能，能啊！"马旺旺小心地一点一点抽回悬在跳板外面的小腿，嘿地站直了。大伙儿肩上的杠子一晃，又复归稳定。

"班长，上啊！"马旺旺快活地喊叫着。

"嗷——"一阵乱嚎，六班爬上楼顶。杠子一下肩，大伙儿一个个瘫坐下来，任暴雨劈头盖脸地浇。一道闪电划过，他们几乎同时发现，那面三角旗已经被谁摘走了。

郑达龙愤愤地骂了句："妈的，到底没把它拿过来。"

倪原却不无自豪地说："其实应该是我们摘的。"

飞机在云中穿行。

第三想象综合征

五个多小时过去了，伞兵们一个挨一个地侧身坐这么久，觉得时间特别难挨。窗外什么也看不见，飞机被严严实实地包裹在湿漉漉、黏糊糊的混浊中。再这样坐下去，似乎连人的灵魂也会生出霉斑来。肩背的伞包，腰挂的伞刀，越来越沉。竖着勒在左肋后的裹着枪衣的冲锋枪，坠得人一个劲儿往一边歪斜。

倪原昏昏沉沉的，胃里直翻腾。开始晕机了。他掏出早上从炊事班要的榨菜疙瘩，啃了一口，递给马旺旺："往下传。嘴里有点儿咸味儿，心里会好受些。"

舱里的光线，忧郁灰暗。他想：应该来点暖调子的色彩。最好是红色的……

一大早倪原就宣布："流动红旗也该往六班流流了，让我们也尝尝它的滋味儿。"

真的，六班雪似的墙壁上，还没有过一块红呢。本月军政训练、作风纪律、文化学习、内务卫生等四面红旗中，剩下的最后一面要在今天评比。

"郑达龙，你带两个人打扫宿舍卫生，其余的人跟我去打扫厕所，那是我们班卫生区的重点。"

倪原带着马旺旺他们，把粪池掏干刮净，用自来水管狠狠冲了几遍，又足足撒了两三斤"六六粉"。末了，肖若妹还跑连部要来几支玫瑰香点上。

"没用，待会儿有人来一蹲，一泡屎又全臭烘了。"马旺旺笑道。

"那倒也是。唉，上次检查卫生，炊事班那帮小子打扫干净饭堂，不让人进去吃饭。今儿个咱们干脆把厕所锁上，等卫生检查完了再让他们拉屎。"肖若妹望望倪原,"可以吧,班长?"

"好吧,反正就小半天。"

十一点钟左右,副连长从后勤处开会回来,领着几个人检查卫生了。结果:六班获得本月内务卫生第一名。

副连长在队前宣布给六班授旗时,英雄班的人叽叽喳喳议论开来:"六班这一手干得绝啊,他们为要旗子,逼得我把屎夹到五连去拉了。"

"马旺旺不尿炕了,咱们倒给憋得快屙一裤子了。"

"不要说话。现在由六班接旗。"副连长抖开从三班摘下来的旗子。

倪原正要上前,马旺旺扯住了他后襟,哀怜地望着他:"班长,别要,不让人家戳咱的脊梁骨。"

他再向后望,班里的人都在用眼神阻止他。

旗子给这次评比的第二名七班了。

一回到宿舍,郑达龙就冲着空无一物的墙壁吼了一声:"命该咱六班啥也得不到啊!"

马旺旺怯生生地嘟囔道:"这也是一方水土养一方人嘛。咱们大青河西的李庄,在外头当县长,当专员的一拨一拨的。隔条河,咱村连个公社书记都没出过。"

"唉——"肖若妹一声长叹,把沮丧传导给了全班。

倪原却明白了:六班人渴望的是真正的荣誉。

然而,在强手如林的红四连,他们要想创造功绩,须付出几倍的英勇。气可鼓而不可泄,一泄再也起不来。

倪原想:六班需要有个楷模,作为一个富于永久性感召力的偶像,如同基督徒心里有个耶稣一样。

第三想象综合征

可六班没有耶稣啊!

倪原觉得肩上越发沉重,有座山慢慢向他倾压过来。是马旺旺,软软地倚着他的肩膀。

"班长,我要吐。"

倪原忙把昨天在军人服务社买的一沓塑料袋分发到班里。马旺旺、郑达龙刚撑开塑料袋就吐起来。

这时,机舱突然明亮起来。飞机出云了。

又见蓝天,又见蓝天。

见到师报道组小邓,纯属偶然。

八一建军节那天上午,倪原本想去军人服务社买点日用品的,半道上遇见了小邓。他们是在教导队集训时认识的。小邓人很聪明,也有点儿小才气,就是好显摆。他写的新闻稿还没见报,就炫耀得周围人全知道了。这不,两人相遇没说上几句,倪原就知道他被借调到师机关,为离休的老师长编写回忆录。

老师长的回忆录是由一串小故事组成的。眼下小邓正写的这个小故事,题目叫"虎死威风在"。说的是上甘岭战役胜利后,当时还是连长的老师长打扫战场时,在一个山坡上发现有个被铁丝网围住的小坑道,坑道口躺着十几具美军的尸体。师长好生奇怪,扒开铁丝网就钻进洞去。他一抬头,就见有个人背抵着洞壁,大叉着腿,眼睛瞪得溜圆,平端着冲锋枪正对洞口。师长一侧身闪到一边,喊道:"放下枪!"那人不理他,还那么纹丝不动地站着。师长定神仔细一看,原来是个年轻的志愿军战士,身上密密麻麻全是弹洞。这个战士牺牲了,遗体已经在腐烂。根据现场情况判断:这个战士是被敌人堵在这个小坑道里的,敌人死了十几个也没能冲进去,就在洞外扯起铁丝网,想把他困死在里面。其实这个战士已经牺牲了。但他吓破了敌人的胆,敌人再也没敢往里冲。

"这个战士是哪个连的?"倪原的声音低沉得让小邓吃了一惊。

"当时战场上很乱,转移阵地、换防休整的连队太多,老师长没能查出来。"

"一定是红四连的,我们连就坚守过上甘岭坑道。"

"那很难说。战争……"

"别说了,是四连的,是六班的。"倪原撒腿就往回跑。

他知道战争的复杂因素太多,即令红四连这样的英雄连队,也不可能公平地每班摊上一个英雄。这个战士不一定是红四连的,甚至可能不是二营的。但是六班需要他,需要一个英雄做班魂。

跑着跑着,倪原停下了,他要把事件从头捋一遍。他设想那个战士是夜晚被派出去,摧毁封锁红四连坑道口的敌人碉堡。碉堡炸掉了,那个战士也被敌人发现了,于是就被堵在那个小坑道里。对,一定是这样。

倪原自以为编得很圆了,可刚说完马旺旺就问:"这个英雄叫什么名字?"

倪原一下就被问住了,他忽略了这个重要问题。他支吾道:"坚守上甘岭时,由于仗打得太残酷,连队都是几十几十地补充伤亡,连长连许多班长的名字都叫不出。去年年底,魏老英雄回连讲传统的时候,不是说到过吗?"

好在这时开饭号响了,解了倪原的围。

中午"八一"会餐,大伙儿坚持要把啤酒和菜肴端回宿舍,单独庆贺这个军人的节日。马旺旺把每个人的茶杯都斟满啤酒,棕黄色的液体在杯中咝咝作响，仿佛每只杯子里都有只小螃蟹在不停地吐着沫。

倪原发现六班的人喝起啤酒来，很有些豪放的气势。大伙儿不断地为班长，为六班的工作、团结……碰杯，一茶杯一茶杯地往肚里灌。

也不知酒过几巡了，郑达龙突然向他伸过杯来："班长，你那故事编得真好，咱们为那个故事干了这杯。"

倪原一惊，笑笑："郑达龙，你喝多了！"

"啤酒，饮料而已，喝不倒咱。"

"那不是编的……"

"这个故事，三年前老师长就在新兵团给咱们讲过。班长，咱把你戳穿了。你的心思咱懂，是为了六班。可你知道吗？这样更伤咱大伙儿的心。"

倪原的脸"呼"地红了：他干了一件多么愚蠢的事儿。战士们毕竟不是孩子，他们早认定了一个无情的事实：六班压根儿就没有功勋。

倪原窘迫地摸摸自己发烫的双颊，承认："是我喝多了。"

空中气流骤然增大。

紊乱的气流像无形的，却又确确实实实能感觉出的惊涛骇浪。庞大的军用运输机，可怜的跟条小舢板似的，被任性的浪峰举起来又抛下去。螺旋桨发疯地旋转着，要把飞机拖出这片危险的海域。然而，气流蛮力惊人，恣意地颠簸着、摇撼着，机舱里百十颗心急剧地浮悬沉坠。

伞兵们进入了最艰苦的一段航程。

机舱里出现了令人不忍卒睹的大呕吐。机上专备盛污物的两只铁桶，被拎过来拎过去，几个脑袋挤在一个桶口上，"呃呃"地呕吐。有的来不及往桶边去，就"噗"地全喷到舱板那块墨绿色的胶皮垫子上，溅得裤管上星星点点的。一股股浓烈刺鼻的腐臭味儿弥漫开来，舱里的空气浊恶得让人窒息。

连长在喊："同志们，我们要发扬……哇——"

这情形太刺激人了，倪原再也憋不住，一直脖子，酸水涌泉般地漫了上来，打口腔、鼻腔一块儿往外淌。又涩又辣的酸水吐完了吐食物，食物吐尽了再吐苦水。好苦啊，是胆汁，绿里透黄。

两只小铁桶很快满了，接着就溢出来流到舱垫上。

郑达龙吐得坐不住，"哧溜"，软若无骨地从坐凳上滑下来，瘫在舱垫上，额角冷汗如注。那一刻，他活像条搁浅在沙滩上的鱼，嘴巴一张一合艰难地喘着气。

飞机仍纸鸢般地在强气流中飘荡沉浮着。

马旺旺痛苦地呻吟着："班，班长，摸摸咱心……在这儿跳吗？别是也……给吐出去了……"

"顶……顶住啊，马旺旺。"倪原无力地搂着他，让他圆滚滚的脑袋枕在自己的备份伞包上。

"能顶住。"他望着倪原肩膀上露出的半个舱窗，"班长，你看，多……多美呀！"

倪原偏过脸去。

伞兵们在机舱里苦熬苦挨，窗外却宁静得仿佛什么也不曾发生过。太阳，在侧上方安详地微笑。具有丝绸般平滑柔软质感的云彩，悠闲地浮游着；云上是透明度极好的天空，只消看上一眼，你全部的情感就被滤净，溶化在它无尽的蔚蓝里。

第三想象综合征

真美。他和马旺旺的心相通着。

一辆辆轿车、吉普车鱼贯驶入营院,但凡能停车的地方全都停满了。

被师里请回来参加庆祝抗美援朝战争胜利三十周年纪念活动的老首长、老英雄们中,有许多是从红四连出去的。今天是纪念活动的最后一天,他们像回娘家一样看望老连队来了。那些过去只在报刊和军史上见过的名字,充满了传奇色彩的前辈,全都活生生地站在红四连的队列前。

一位穿呢大氅的瘦削刚毅的副司令员,对陪同他的军首长说:"我长征的时候,就在三班当红小鬼。"他扬起指挥过千军万马的嗓子喊道,"三班的同志呢,跟我这个老兵合个影。"

三班的人忸忸怩怩地出列拥上前去,众星捧月般簇拥着副司令员。

当年威震太行山的刺杀老英雄程小宝也吆喝上了:"一班是我的老家。一班的同志过来,和我照张相嘛!"

程老英雄扔掉拐杖,慈祥地搂住一班长的肩膀。

"我是从炊事班出来的。咱们炊事班战争年代可是号称'小教导队'嘛,平时屯集骨干,打起仗来,哪个班班长伤亡了,马上从炊事班补。炊事班的同志这边儿来。"

"我是十勇士班的第二任班长⋯⋯"

"九班的同志呢⋯⋯"

白杨树下,只剩六班八个人还笔挺地站在那儿。

营院里一片快门的"咔嚓"声。就在六班出公差悬挂起的欢迎横幅下,在六班修整一新的花坛前,人们沉浸在几代军人同堂的欢乐氛围里。他们谁也没有留意到,这个英雄连队还有整整一个班的年轻士兵,像群没爹没娘的孩子,被遗忘在营区的角落里。他们的脸上戏剧性地变化着尴尬、委屈和痛苦的表情。但是,就像那排高高的白杨树一样,六班没有一个人动,全班久久地保持着立正姿势,目不转睛地凝视着眼前的场面,些微都不放过。他们要把今天亲历的一切印在脑子里,牢牢记住这没有功勋的羞愧。

倪原用余光瞟了队伍一眼。凭着他三年的军人素质养成,这一瞟,把全班囫囵个地审视了一遍。他甚至准确地感觉到他的战友们悄悄提起着的那股胸气。那一双双绷直的腿,将军裤撑得笔挺;两手中指轻贴裤缝,稳稳地把握住这条纵向的人体基线;后张的肩胛,将肩膀陡然拓宽,带着自然向上的坡度,像两道缓缓升高的山梁,展开宽大的基座,托起头颅的山峰。阳光从一侧投射过来,生动地将每张面孔涂抹出刚烈、冷峻的层次。

他感觉出伙伴们也在用余光瞟他,那余光分明在说:班长,看我们没动。

倪原心里一阵发烫,热辣辣的。他想大声喊叫出来:战争啊,要来你就早点儿来吧。我敢说,一旦你摆开火风铁雨的空间,六班一定会拥有自己的特等功臣、爆破大王、孤胆英雄、硬骨头战士……甚至会诞生杰出的指挥员。是的,会的。

高高的白杨树婆娑起舞,唱起了"哗啦啦"的歌。

"班长,怎么还不到啊?"马旺旺倦怠地耷着眼皮,小脸儿煞白,有气无力地问。

倪原软绵绵地倚着舱壁,斜睨着舱外。机翼下滑过大块大块的褐黄,刺目得发亮。飞机在一片卧虎状的戈壁上下降高度。

第三想象综合征

"快了，这就到了。"他安慰马旺旺。

可是倪原心里担忧，他的六班吐成这样，还能跳下去吗？低空跳伞，是减小地面武器杀伤、增大空降突然性的一种战术手段，也是最能体现伞兵军事素质的一种高难度跳伞课目。拢共只有四百米的高度，除去降落伞张开之前人体自由坠落失去的百多米高度，还剩三百米不到，人在不足一分半钟的时间里就将落地。可这短暂的时间里，必须一个不落地完成调整座带、面向着陆点、横枪、转向顺风等一系列动作，稍有差错，不是身体摔伤，就是枪支损坏。因而，它要求伞兵头脑绝对清醒，操纵果断利索。

而现在……

倪原像把一串担心攥得过紧，手心汗津津的。

电铃突然尖厉地响了，一长声，一短声。放伞员更尖利地喊了一声："准备跳伞！"

机尾的舱门打开了。顿时，强劲的风啸与马达声、电铃声，交响成一曲撼人魂魄的高空三重奏。

满舱倚着、躺着的伞兵都在蠕动，挣扎着要站起来。但飞机像要散架一样，仍在不停地摇晃。

郑达龙脸色黢青得可怕。他颤颤抖抖地摸住滚落在舱板上的钢盔，扣上脑袋，用手撑着坐凳，吃力地支起笨重的身子。他是全舱第一名。一般说来，第一名伞兵好跳，站在舱门前的位置上准备好，跳伞信号一响，跨前半步就能起跳。

可当郑达龙抬腿向舱门前的准备位置上迈去时，飞机恶作剧地一个倾斜，舱板像从他脚下溜走了。他重重地摔倒下去，钢盔清脆地磕响舱门底部铁质的框。这一声，吸引了全连人的注意。倪原留心到有些人停止了挣扎，只管看着郑达龙，看着六班。他们在等待，倘若郑达龙和第一跳伞序列班都没跳下去，他们就不用动了，等飞机复飞，重新进入空降场。

从敞开的舱门里，倪原已经看见那幅标志着陆场中心点的黑色T形布，远远地向他飞过来。他焦急地喊起来："郑达龙——"郑达龙身子拱了几拱，没爬起来。

电铃从一长声，一短声转为长鸣。给跳伞信号了。

郑达龙猛地翘起脑袋，拼命往前爬，一寸又一寸，两肘在满垫子滑腻腻、稠糊糊的污秽上，画出两道辙印。全连人都瞪圆了眼睛。倚在舱门口的放伞员望着浑身肮脏不堪的郑达龙，像看见一头怪兽向他爬过来，不禁一哆嗦。郑达龙爬到舱门口，双臂搭在底框上，扭头向身后嘶哑地叫了声："六班的……"就一撅屁股，头冲下扎出舱外。

倪原两眼潮热。他猜郑达龙刚才叫六班的什么？跟上来？谁出不去是孬种？可惜后半句没听清。但六班的战士一个跟着一个，沿着舱板上的那两道辙印爬了出去。只有马旺旺在舱门口停了一下，偏着脑袋朝舱里看了看。他大概是从各个英雄班的目光和神情里获得了某种满足，孩子气地笑了笑，这才扑出舱外。

倪原紧跟着马旺旺跃向空中，被翼面上冲来的滑流，卷得连滚几圈脱离了风区，进入每秒五十米的匀加速坠落状态。他恍惚觉得自己潜入了透明的大海，正向清澈得一眼望穿的褐黄色海底深深地沉下去。

天空。太阳。戈壁。蓝的、红的、黄的……生命的三原色在他眼里闪烁、旋转、融汇成斑斓的一体。失重时的麻木，高速中的晕眩，蛛网蚕丝般缠裹着他。他大口大口地吸着边塞深秋冷冽的空气，好让自己尽快清醒过来，迅速从缠裹中摆脱出来。他全身收缩，任挽成绳花的伞绳一圈圈抖开，粗鲁而急促地抽打他的钢盔和肩膀。他急切地盼望开伞瞬间，那猛力提拉的震撼和座带深勒进腿部肌肉的阵痛的到来。

"哗——"倪原的伞开了，急剧的坠落仿佛骤然停止，人似乎凝滞在空中不动。可他顾不得去品味这匀加速的转换造成的错觉的微妙，伸手摸住那根玉雕似的操纵棒，匀着劲儿向下一拉。降落伞倾斜着、灵巧地转了个一百八十度。他笑了起来：在他的前下方，有七具间距、高差不等的白色降落伞。全班一个不少，七具降落伞灿然得像凌空绽开的一行白菊。它们似乎是静止的，像饰花佩戴在天空的胸脯上。不，那是一枚枚圆形的银质奖章。

倪原为自己的联想得意，周身泛起难以名状的畅快。今天是六班第一次没按伞兵条令规定离机：上体前倾110°，两腿弯曲70°，抱紧备份伞，左脚掌踏上机门边缘起跳的同时，迅速跟上右腿……可他觉得没有哪次跳伞能比上今天这样骁勇。

他等速坠落着，每秒钟下降四米的同时，向前水平运动一米。他觉得像有股涌动的海水，疼爱地推着他向战友们漂游过去。离地面越来越近了，二百米……一百五十米……他渐渐能分辨清脚下的片页岩和红柳丛了。大地的儿子就要回到母亲的怀抱了，倪原快活地踢蹬几脚，旋即并紧双腿准备着陆。凝重、坦荡的大戈壁多情地向伞兵们飞升上来，轰轰地，带着海潮的啸声，像一片新大陆从海底隆起。

（发表于《昆仑》1985年增刊号）

血 书

　　一看见那些要把我们送上天再扔下来的运输机,大肚蝈蝈似的趴满停机坪,我小腹就阵阵发紧,半小时内往临时厕所跑了两趟。厕所是用芦席围起来的,一溜十多个,上千新兵频繁地进出,分分秒秒都不让它们闲着,使用率极高。尿的次数罕见的多,有人就脸红,就讷讷解释:"妈的,早上真不该喝那么多蛋汤。"

　　我没喝几口汤,水分照样充沛,尿不尽就从毛孔里排泄。往飞机里一坐,就觉有毛毛虫在鬓角上爬。一摸,竟满手潮湿。不敢看机窗外,彼此都瞅着坐对面战友的面孔。记不清面对是谁了,却研究透了那只两翼肥厚作悬胆状的糟鼻子。

　　班长有经验,拍拍短而厚的巴掌:"唉唉,唱起来呀!"

　　于是我们便唱《空降兵之歌》,接着又唱:"说打就打,说干就干,练一练手中枪、刺刀和手榴弹……"一支接一支,声嘶力竭地超过马达轰响若干个分贝。唱得丹田气虚,小脸蜡黄,不知不觉飞

第三想象综合征

机怎么就爬上一千多米高空了。流云如矢射来，一闪，从机翼上滑过去。马达声和洞开的机门外那狼嚎猿啸的天风，使这高处的世界嘈杂得要命。

但是，准备跳伞的信号笛一响，天空便突然安静下来，听不见一丝动静。奔流的云，辐射的光，疾走的风……刹那定格。只有浑身的血液如煮如沸，蒸馏出一脑门子冰凉的汗水，脑细胞糊成一片无理性的懵懂。

我低头使劲往贴着小腹的备份伞上瞅，橡皮绳压着每人一条写在红纸上的毛主席语录，我祈求它"给我智慧给我胆，千难万险只等闲"。但看不清字，糊里糊涂地一片红。

所有的程序都变得木然而机械：放坐凳；披拉绳；上体前倾，两腿弯曲走向机门；左脚掌叩打机门边缘；弹跳……我惊骇地瞪大眼睛，然而仿佛发生黑视，什么也看不见。我向着一个无底的黑色之渊自由地坠落，无所谓恐惧，也谈不上坦然，一如遁入混沌虚无之中，宁静又淡泊。旋即便就释然了，感受到一种死活由之的解脱的幸福。

少剑波唱："……幸福的日子万年长。"没那么长，只有四五秒钟。跳下飞机仅四五秒钟，我的降落伞便被强行拉开，张开的伞衣如同一片迷彩祥云罩顶。在开伞的"哗"然巨响和骤然改变自由坠落速度所产生的强震里，我像从万年沉睡中苏醒过来，重又回到这繁杂的尘世。

俯瞰大地，五色斑斓。但我顾不上欣赏，当我手忙脚乱地完成转向、寻找中心点等一连串规定动作之后，已经没有多少高度了，大地呼地向我迎升上来，迅疾地使我感受到一种美丽的危险，可怖的壮观。

我赶紧并紧双腿，连滚带爬地落在着陆场的大沙滩上。卸伞，装伞，伞绳挽出一串连环花，精致可人。几个月严酷的地面训练，使我迷迷怔怔，却又不假思索，将这一整套动作做得精确无误，本能而制式。

脑袋还晕着呢，步子醉八仙似的发飘，指导员便从观看跳伞观摩区方向小跑过来，饱满的脸上泛着称心如意的笑。他把我们跳下来的几个人拢到一堆，在个小沙窝里迅速开了个会，有点战地急会的意思。

他意图成熟，因而思路尤显清晰，语言倍加明快，说："跳得不错，没有任何差错。你们七个人是连队党支部反复挑选的，我们没看错了。你们参加团里第一次试跳，为明天大部队展开跳伞训练开了好头。待会儿其他新同志见了你们，会提出很多问题的，要好好介绍经验，谈正面的，不要说离谱了，主要围绕思想过硬才能技术过硬，谈谈自己的切身体会。"

惊魂甫定，我们一起漫声应道："那是，那是的。"

指导员一摆手，喝道："打起精神来，要有股子班师凯旋的劲头，唱着歌过去，让所有的新同志看看。唱什么？《战歌如雷》？如雷就如雷，《战歌如雷》，预备，起——"

我们趔趔趄趄横穿着陆场，插在腰带上的伞刀和多棱伞帽，神气抖抖地拍打着屁股蛋儿。打老远我们就向坐在观摩区的连队招手致意，作胜利班师状。

大伙儿嗡上来，将我们团团围定，问这问那：离机怕不怕？开伞座带勒不勒？着陆墩不墩得慌……于是，我们便豪迈得不行，大谈自己被剪切过的体会，被篡改过的感觉，说得他们眼神很复杂地乱瞅我们。我们的优越感便发酵似的越加膨胀。都是前后相差不了

第三想象综合征

几天的闷罐车装来的新兵蛋子，今天我们就盖他们一头。试跳了，这资历就大不一样。老兵向我们透露过，历年试跳的新兵，基本上都是连队的骨干，今后都将成为入党培养对象，提拔干部的苗子。

这时，肥壮如蛮牛的拴柱从人群后挤进来，也挤进我的小说里，成为一号人物。这是我的毛病，主要人物总是出场太慢。

他将我拽到一边儿，鬼鬼祟祟地小声问道："那么老高往下蹦，你当真不怕？"

我说："小事一桩，出机门你就当出屋门上你西庄姥姥家去，横竖伞是会开的。"

"说正经的，别瞎扯淡。"

"不扯淡。你没听指导员说吗，跳伞是项高级体育活动，人家外国人还花钱上跳伞俱乐部跳呢？"

"咱不是中国人吗？一辈子没离开过土地。"

"放心跳吧，没事儿。"

拴柱独子一个，前面三个哥哥没活成，啥不懂就殁了。他爷爷给他起名拴柱，拴柱拴住，果然阎王爷就没拉走他。十岁上他还叼着他娘奶头不松口，长得人高马大，身子沉得恨人。大年三十叫声拴柱，等他磨过身子来答应你，已是家家十五闹元宵了。

伞降地面训练中他可遭老罪喽，动作生硬不协调，没少挨尅，天天加班。就说离机训练这一项，其要领是全身收缩，用脚掌弹力弹跳出机门。他脚弹不起，挺着肚子往外蹦，越跳不好越加班加点。别人正课时间练上八小时，他却没钟没点儿的，眼睛一睁，练到熄灯。

那天练到熄灯号快响了，他还站那儿发愣。

"拴柱，咋不睡觉？"

他大巴掌拍得床沿山响，反呛我："咋睡？我上得去铺吗？"说着，眼泪就漫出来。

我明白了，便撸起他一只裤管，就见小腿肿得跟大腿一般胖，膝盖紫黑瘀血。一骇，我忙报告班长。班长找来松节油、酒精给他擦，帮他揉，然后叫上几个人，发声喊："一、二——三！"把他推到上铺。最后班长还没忘又扔上去一句话："明早提前半小时起床，跟我跳平台去啊。"

跳平台更要他小命。

跳平台是练习着陆动作的一个课目。练习者站上两米高的平台，两臂上举，做牵动操纵带状；双腿呈一百一十度弯曲，然后保持住这种姿势不变，脚跟一抬跳下来，并要求落地后身子不摇不晃。

拴柱上了平台就头晕目眩，排长一声口令："跳！"他身子一懈，顺平台边沿就出溜下来。几个月里，几十次五分制的考核，他连个三分动作也没跳出来过。

我们试跳回来的当晚，就要宣布第二天跳伞架次序列了，关于拴柱跳不跳的问题仍悬而未决。按伞训教员的意思，让他前几次伞就不要跳了，留在营房继续练练动作，准备跳最后几次伞。指导员却坚持说："他动作是不太过关，可这个新同志忠厚老实，有一定的思想基础，会跳好的。要不，连队跳伞任务不能算圆满完成，影响先进连队评比，年终支部总结也不好写。"

拴柱身子笨，脑子却不钝，明白空降兵部队不成文的规矩。在这个现代化部队里你要想进步，先得看你敢不敢跳伞，过不过得去生死关。这一关过不去，什么入党、提干，四两棉花——别谈（弹）。跳不下来，就打发你去饲养场抡猪食铲，到伙房去玩烧火

第三想象综合征

棍。抡满了，玩够了三年，打起背包滚蛋。然而，这需要你具有比从千米高空跳下来更非凡的勇气，才能在充满了白眼和斜睨的环境里，熬完这一千多个日头起落。当然，等你英勇地熬下来，你的人格、自信和进取精神，也全统统解体了。

拴柱爹是我们庄的大队支书，也是全庄第一明白人。他就叮嘱过我栓柱："提干不提干的，另说吧，咱庄户人家孩儿，难是执印掌兵的材料。党，你们是要参加的。几年兵当下来，还在党外头站着，回来不好向乡亲们交代。"

他说这话时，我和拴柱刚换上新军装从县人武部出来，臃肿得像两颗大橄榄果。

影响入党的事，拴柱不敢马虎。他从班长找起，排长、教员、连长，逐级请缨，坚决要求参加跳伞。

最后还是指导员拍了板："跳！"

可是，拴柱没跳下来。

高天远地，长风流云。他在离机门一步远的地方，古怪地哼哼"嗯——呐"，便晕了过去，柔软如蛇地瘫倒在机舱橡胶垫子上。那肉乎乎的一堆，挡住后面一溜人跳不下来。飞机一斜翅膀，掉头返回机场。

这一天全连跟吃了败仗似的，沉重得就差没下半旗了。指导员见营里、团里领导就检讨，说："是我把关不严，没想到这个兵思想基础这样不牢靠。"

团长指示我们连休整一天，认真总结一下教训。

先开班务会，再开排务会，对拴柱进行一番严肃的批评帮助。最后指导员又亲自出马，在百忙中和他谈了一次。于是，思想工作开新花，政治教育结硕果。拴柱用伞兵刀死活不顾地在右食指上拉上一刀，顿时皮肉绽开，樱桃小口，鲜血涌出。

他按定一张道林纸，挥洒指血，恶狠狠地写下：坚决跳好伞！每个字鸡脑袋大小。血一干，变得紫黑，恶心得人招架不住。

他大步流星地将血书捧送到连部，回来就兴奋不已地冲我嚷嚷："成了，批了。你帮我好好选条语录，字要大号的。"

我扑啦啦翻动语录本："这条咋样？"

他费劲巴拉地弯下腰，念念有声："中国人死都不怕，还怕困难吗？行，就它。"

写好，他细心地掖到备份伞的橡皮绳。

为慎重起见，指导员特意编入我们班的第20跳伞架次，示范性地跳第一名。拴柱则被编在做我和指导员之间，第二个跳。

飞机进入跳伞区域时，指导员为打消拴柱的恐惧心理，故意显摆地手扒机门框，将大半个身子探出机门。指导员没戴帽子，劲风将他的头发吹打得赫然有声，像面黑色旗帜飘扬。他扭过脸给拴柱打气说："跟着我跳，别怕。"

"不怕，不怕。"拴柱小鸡乱点头。

其实飞机刚一起飞他脸色就变了，先白后青，继而发灰，惨淡得厉害。他小声跟我嘀咕："小张，脑瓜儿晕得不得劲儿。"

我一听心里便发毛："不行就算了，我报告……"

他赶紧摆手制止我说："别别别，豁出命去也不敢再丢一回人了，那样进步还有啥指望？"

"别硬撑着啊。"

"要跳。到门口我要犹豫的话，你用脑袋顶我一下，帮个忙。"

准备跳伞的笛声响了，一长两短。我拉了拴柱一把他才站起来，不稳，两脚乱倒腾一阵才站定。指导员的声音从轰轰的马达声

第三想象综合征

音中传出来:"大家别慌,步子走稳了。"

他越喊大家越慌,飞机上大多是第一次跳伞的新兵,慌得金属折叠凳锣齐鼓不齐地一阵乱响。放伞员在机门口大声提醒:"注意给自己前面的跳伞员掖拉绳。"

拴柱却毫无反应,只顾死命地搂抱着自己的备份伞,屈腿弓腰像只对虾。我拍拍他屁股:"给指导员掖拉绳。"

他"噢噢"地头也不抬。

笛声长鸣,跟催命鬼一样。

指导员扭头喊了声:"跟紧我。"他便纵身跳了出去。

栓柱随之跟上,但跟得过紧,迷迷瞪瞪地左脚没挨着机门边缘,一脚踏空,大叉着腿就栽了出去。

我看见他惊恐地张了张嘴,想喊没喊。或许他喊了,但声儿让强风给堵回去了。我很欣慰:栓柱姿势不好,但好歹也算跳出去了吧。我随着栓柱之后,纵向万里云天。

我的伞刚一张开,就听见着陆场对空指挥车的四只高音大喇叭里,指挥员扯破喉咙喊:"第二名第二名,打开备份伞,打开备份伞……快打开,快打……"

我顿时脑袋涨得笸斗大,心想:坏了,拴柱出事了。我急忙向前下方看去,只见一粒蚕豆大的黑点儿一晃就不见了,同时听见指挥员那声充满绝望,无限痛惜的"×"。

接着,便见甲壳虫似的白色救护车,向黑点消失处蠕动。

我竭尽全力拉下降落伞前两根操纵带,加速向前斜线降落。我落地时救护车还没赶到。我手忙脚乱地卸下身上的降落伞座带,朝拴柱跑去。那会儿我心里扑通扑通乱跳,两腿直发软。

栓柱落在着陆场外一片刚刨过花生的沙土地上,怪诞地蜷曲着身体。看得出他是头部、肩部同时着地的，将沙土地砸出个挺深的坑，溅起人高的尘土，腥腥地呛嗓子。他身上没一丝血迹，两手还紧紧地搂抱着腹前的备份伞。但是，一看到他两腿间夹着个引导伞，我就全都明白了。

栓柱的悲剧，是从他叉着腿栽出机门开始的。由于他离机时的姿势不对，人在空中叉着两腿翻跟斗，将弹出伞包的引导伞绕到了裤裆里。但他随即又下意识地并紧两腿，夹住了引导伞。降落伞伞衣失去了引导伞的牵引，再也无法张开。而第一次跳伞的栓柱，直到落地也没能从极度紧张的晕昏状态中清醒过来，至死也没能松开夹住的引导伞。

实际上，从栓柱离开机门的那一瞬间，生命也就不再属于他了。

我木木地站在他身边，看着救护车开来。医生、护士七手八脚地将他弄上车，还悄悄议论着："真惨，骨头全碎了，浑身软得跟面条似的。"

拴柱给拉进师医院太平间的时候，连队文书将封家信放在他的铺上。

信是他爹来的——拴柱：前些日子听说你姥姥西庄上，跟你一块儿当兵去的大华子，已经是支部培养对象了，排得还很靠前。你咋样，啥时能入上⋯⋯

拴柱死后，我们都难受了一阵子，但似乎并不很沉痛，都觉得指导员分析得很在理儿：栓柱之所以成为今年全师跳伞训练死亡事故率的万分之一，主要是政治思想方面太不成熟，硬是过不去生死考验关，要不，咋会紧张害怕到引导伞夹裤裆里都不知道呢？

好些年之后，我无意中碰到一位航医，跟我说起有些人确实天

第三想象综合征

生就具有种高空恐惧症，不适合从事高空活动。

我一下就想起了栓柱，心底涌起一阵欲哭无泪的悲哀。悲哀无处宣泄，脱口就来了句：他妈的！

但我不知道骂谁。

一个女飞行员的周末

周末——

那幢多面受光的棱状飞行员家属楼上，缕缕暮云像撕扯开的麻丝，网罩着天空最后一抹辉煌。

往常这时，他们一家人不是在营区外的田野上散步，就是守着立体声录音机听音乐，以松弛紧张飞行了一周的神经。可今天没有，屋里沉闷得很。都是因为那句话。一进屋他就告诉先他一脚到家的妻子："今天本场飞得不错，教员讲评时表扬我了。"说罢，他怪模怪样儿地苦笑一声。

她心里不是滋味，却又强作欢喜："我说过我丈夫一定会飞好的。"

"是啊，说过。"他坐在沙发上发呆。

她岔开话题："知道吗？我们一大队领航员小林生了个女孩，

八斤半。"

"真沉。"

"天快凉了，给你织件毛背心吧！"

"嗯。"

周末，第一次显得冗长无味。只有航航不谙世事地缠着他，央求说："爸爸，带我上飞飞家看电视。"

"看什么电视，老实在家待着。"他大声呵斥。

家里没电视机，前些年两地分居来回跑，没攒下钱来。航航咧着小嘴哭了，哭得她心直发紧。父母烦恼，受气的准是孩子。她知道丈夫是为受表扬的事难受。这对他实在是个委婉的讽刺：一个歼击机飞行大队长，改飞了一年的运输机，第一次受到教员的口头表扬。而这个年轻教员是她带飞出来的学员教出来的，算起来该算她的"徒孙"。丈夫刚调到这个运输航空兵师时，两人都很自信：超音速歼击机都飞了，还怕驾驭不了个运输机？没料到竟会有个如此难堪的今天。

丈夫是和一群航校刚毕业的运输机学员同时学飞的。记得第一次感觉飞行，那些新学员只要一圈，他连飞三圈也没多大感受。怪了，他的飞行感觉向来敏锐过人，在歼击机上，微微的俯仰倾斜，都强烈触动他的神经。可在运输机上，他像初次乘机的人，觉得满世界只有涡轮的震动。

十多年的歼击机飞行生涯，养成了他根深蒂固的职业动作和心理。他习惯了歼击机窄小却充实的座舱，娴熟自如地独自个儿摁、搬、旋、摇那些各就其位的繁星般的仪表开关，很久不习惯运输机一个机组人员的协同操作。他的手稳稳地把着驾驶盘——而不是握惯的驾驶杆，可教员总批评他动作量小。他不敢使劲，这么大的劲儿足以使歼击机翻一串跟头。于是他总提醒自己,这不是你从前飞的燕子,是只大鹏,要用点劲儿。可稍稍一用劲儿,动作量又过大,飞机像瞧不起这位骑手似的,桀骜不驯地颤颤悠悠。尽管她没少在星期天给他开"小灶",讲要领,练动作,可一年下来他还是只雏,只能在本场上空兜圈子。

她哄住航航的啼哭,柔声柔气地问道:"我们再熟悉一下你下周的飞行课目吧?"

"我累了,想早点睡。"

但他睡得很不安稳。听着丈夫不匀的微鼾,她想明天哪儿也不去,就在家帮他好好熟悉新课目,一定要让他飞出来。这不仅仅是为了丈夫的事业,也为了这个家。这是她早就盼有的家啊,简朴却温暖。那些年分居两地,整整六年,年年是在十一个月的思之若渴、一个月的甜美如蜜中度过的。自从有了航航后,假期就掰成两半花了,先去青岛妈妈家看望孩子,再去大西南看望丈夫。她从不坐火车,太慢,宁可自己贴钱也要坐飞机。伊尔、三叉、波音……驻地、青岛、西南……每年都这么匆匆一次空中三角旅行。

一年前,她的旅行走到头了。两人所在师的师长在北京开会,经当面协商,歼击机师师长忍痛割爱,让出手下这名出色的大队长。师长们会没开完,他调往运输航空兵部队的手续就办好了。不久,航航也接回来,进了师部幼儿园。

从此她有家了,两室一厅,一个属于他们自己的鹰之巢。星期天一早,她就郑重其事地挎上竹篮去买菜,然后回来洗衣服、摘菜、做饭……忙得汗津津地也不许他插手。文静纤巧的妻子理家之干练,很让丈夫吃惊。他常困惑地看着她专注地研究食谱、缝纫、室内布置……简直不敢相信这就是运输航空兵部队最优秀的女机长。虽然他们约好一周只团聚一天，一到星期天傍晚，航航被送回幼儿园全托，他俩也回到各自的飞行大队，但她十分满足这种生活结构和节奏。

只是她三十五岁才享受到这种生活的乐趣，怪谁？是她太迷恋飞行，还是他出现得太晚？

她像记得自己生日一样记得那天。

也是周末——

她受领了去大西北保障核试验的任务。正要上飞机，通信员给她送来一封信，母亲来的。从不操心儿女婚事的母亲，这次例外地在信中提醒单身女儿：你哥哥上小学时，妈正是你这年纪。她扑哧一乐！妈妈早婚。她把信往兜里一揣，爬上飞机去。

两个多小时后，她降落在祁连山下的一座机场加油。三月的祁连山依旧冰封雪裹。机门一打开，寒风呼地灌了个满舱。她忙放下棉军帽护耳，又在皮夹克上裹了件大衣，这才跳下舷梯，帮机务兵们加油。忽然背后闷雷似的一声："哎！"接着，她右肩结结实实挨了一掌，险些被拍了个趔趄。就听身后有人问："西安天气怎么样？"

她愠怒地转过身："你这人怎么……"她愣住了，站在她面前的这位飞行员武高武大，毛茸茸的夹克领簇拥着一张生动的脸。脸上浓眉两剑，明目双星，一尾鼻翼纹柔和地指向嘴角那道淡淡的伤痕……

刚上初一，母亲给她买了顶纯羊毛线帽，红白相间的条纹，螺旋着盘上帽顶，帽顶上惹眼地挺着朵蒲公英似的小绒球。学校那个出名的淘气包走过来，冷不防揪下她的线帽，一扬手给扔到路边的刺槐上，然后撒开腿就跑了，气得她直掉眼泪。班里坐最后一排的那位大个儿同学正好路过，见此情景，一声不响地爬上树去摘下绒帽。往树下滑溜时，一根槐刺很利索地在他嘴角划了个口子，鲜血殷红地流了出来。她惊恐地"嗷"了一声，他却看也没看她，手背抹抹嘴走了。

那会儿男女同学很少交往，同班一年多两人就没怎么说过话。初二那年，他被选进滑翔学校，从此她再也没有见过他。偶尔听老师说起，到滑翔学校的第二年，他被选调到歼击机部队去了。就在那年，她也进了航校。

十几年过去了，今天他像天外飞来的流星，突然出现在她面前，那嘴角的伤痕竟一下子就搅动了沉淀的往事。哦，同学少年……

看来真是女人变化大，他没认出她，局促不安地问："你……女的？"

"当然不是男的。"她快活地笑起来，"认不出我了？老同学！"

"老……同学？"他那高挑的尾音，像飞机爬高。

"嗯，还记得那顶线帽吗？红白两色的。"

"线帽？红白……"他上下打量着她，极力要从跟前这位戎装英发的女飞行员身上，辨认出当年那个少女的影子。渐渐，笑容换下他的满脸的愕然，"啊呀，原来是你啊？"

"是啊是啊。"她抓住他的手，忘情地摇着说，"真没想到在祁连山下碰见了。"

真巧，他也是转场飞到这儿的，因下一个着陆点西安天气不好，被困在这里待命三天了，闲得心急火燎的。听说这架运输机从西安飞来，便过来打听那里的气象。他瞅瞅身边的运输机："你开的？"

"嗯，机长。"她得意挺挺胸。

好大的飞机，直让人想起"其名为鹏；鹏之背，不知其几千里也。怒而飞，其翼如垂天之云"的句子。

可偏偏这时，停机坪那头有人喊："大队长，西安天气转晴，塔台命令我们立即起飞。"

"知道啦！瞧，多不巧，刚见面就得走。再见。"

他转身跑了几步又折回来："老同学，我还不知道你在哪个部队呢？"

她掏出母亲的信："这上面有我地址。"

他接过信就跑了。

望着他远去的背影，她忽然想起母亲的信没从信封里抽出来，忙喊："哎哎……"

哪里还来得及，他那熊一样结实的身躯已钻进驾驶舱。她懊丧地跺跺脚。

她目不转睛地看着他将歼击机滑上跑道，从透明的玻璃舱罩里向她招招手，一拉机头，便嗖地蹿上天空，银星似的消隐在蓝天深处。她不由叹了口气，心想：十几年我们同在这片天空上飞行，云天浩瀚，竟没有一条相逢的路。

油箱加满油，她也起飞了。等她完成任务回到驻地，一封来自西南边疆某机场的信，早在等候她了。

他的第一封信就打加力，看得她耳根直发烧："……从你母亲的信里得知，你至今还在飞'单机'。我也是。如果你同意，我们编队飞吧，我愿一辈子做你的僚机。"

好露骨啊，分明是向她唱起那首著名的情歌："我愿做一只小羊……"

她当即回复："大队长同志，我愿有一架战斗机护航。"

爱，就这样带着蓝天的纯净色彩，以突破音障的速度开始了。她觉得有些晕眩，这个晕眩的别名叫：幸福。她想，明天我就要让全团都知道我有未婚夫了，他个高肩宽，有一副让他所爱的人放心依偎的坚强胸膛。我们小时同学，怎么样？有点青梅竹马的味道吧。他还是个大队长，真正的歼击航空兵部队的飞行大队长。就凭这职务，你尽可以大胆想象他的精明干练和他三角翼战鹰一样的潇洒神态。

除了报务员李若雪撇撇嘴，大伙儿都为她高兴，断言她很快就会结婚的。不错，她虽俊俏娇小，在同批毕业的女飞行员中，她却是大姐。姐妹们都走在她前面，成了家，有了孩子，不再在集体宿舍度周末了。不知什么时候起，她觉得飞行员宿舍楼的周末不那么好过了，空荡荡的房间显得异样的空旷，四壁圈着一个冷冷清清的氛围。

她早已是需要爱的年纪了。

又是周末——

星星，在蓝色的天空上眨着明眸。白昼的信风减弱了，慢慢地流向飞行员家属楼。楼前的梧桐阔叶婆娑，筛碎一地月光。

丈夫第一次这么晚未归，让她有些不安。今天上午，上级通知紧缩飞行用油，下半年的飞行训练主要保证新学员。丈夫不属于新学员。他技术刚有长进，本该趁热打铁的，这一停半年，明年又得好一阵子恢复,什么时候才能飞完所有课目呢?她急于想听听他的意见。她安顿好航航便下楼了。

今晚有电影,路上满是去电影场的人。

"小陈,见我们家那位了吗?"

"不见啦?赶紧找,别是跑了。"

"去你的。"

"副大队长,见我们老林没有?"

"噢,还没回去啊?瞧这家伙,下午机场落了一批转场的歼击机,他没完没了地瞅。训练结束时,他让我们先走。唉,没准还在那儿呢。"

她截了辆去机场的卡车,钻进驾驶室。

跑道北端两架探照灯的光柱,像一把巨大的剪刀在绞着夜幕。她老远就看见停机坪上,一字摆开十几架歼击机,流线型的机身与三角翼,威严又风流,不由让人赞叹科学与艺术的伟大结合。那机身微昂的神态,使人觉出它周身蓄足的活力和体内骚动的喋血欲念,仿佛打声口哨,它就会猛扑出去捕捉猎物。

他果然在这儿,面向机群,背着塔台的灯光,抱膝坐在草坪上,入神得她走到近前才发现:"是你!"

她挨着他坐下,倚着他的肩。

他望着机群感叹道:"瞧,多棒的飞机啊,我和它生死相依十几年⋯⋯真的,一点都不夸张,我也只能用生死相依这个词。西南四月多雾,有一次我刚起飞,地面就命令我马上返航。我还没进入三转弯,雾就涨潮般漫到机场。我一推杆扎了下去,穿出雾层,飞机离地面到二十米,机场上的人都说,那会儿他们眼前花圈乱晃,悬哪。我一拉杆,飞机几乎是肚皮擦着跑道复飞的。后来,我到一个备份机场降落了。那真是一匹驯服的小马驹啊,当时它要稍稍给我来点小脾气,我就永垂不朽了。"

她默默地听着,身子不由地一颤。他觉出了:"冷吗?"说着,用健壮的胳膊搂住她的肩,另一只手摸出封信来,说:"我的僚机来的。别看这家伙蔫不拉叽的,信写得很有感情呢。我念给你听听:大队长……唉,还大队长呢,现在我连学员都不如。"借着塔台的微光,他接着念道:"我们都很想你。'七一'那天大队办墙报,要我写篇稿子,我一下就想到了你的调动,我想到我们的党真好,烧了多少油才飞起你这只矫健的鹰。可为了解决你们夫妻分居问题,又让你改学运输机,不惜付出双倍的代价。党的形象就这样在我心中越发具体、亲近起来的。"

两人许久地沉默着,但心里都在为这句"双倍的代价"不安。因为照他的进度飞下去,是要被淘汰的,今天的上级通知更加速了这个结局的到来。三十多岁就停飞,未免太可惜了,最好的补救办法是他重新回到歼击机部队去。

但两人心照不宣,谁都不肯说穿。她不敢说穿,是怕失去这个家,再度两地分居。他也不愿说穿,是怕伤了妻子的心。她毕竟是女人,有着所有女人渴望夫妻厮守、合家团聚的秉性。尽管她是个飞行员,人们心目中带点神秘色彩的女性。

因为爱,有时女人比男人更刚强。沉默片刻之后,到底还是她先说出来了:"要不你再调回去吧。"

她的肩膀被搂紧了,但她不敢看他,讷讷地说:"你要知道,从歼击机部队调到运输机部队,你不是第一个,运输机飞行员再改飞歼击机,我们空军的历史上还没有过,恐怕不一定能批准。"

"试试。如果你同意,明天我们就联名打报告。我的情况和别人不一样，不是因身体和技术原因改飞运输机的。"

他的心早飞回大西南了，她不禁感到一丝苦涩，说："天太晚了，回去商量吧。"

两人经过那幢女飞行员宿舍时，那些新来的年轻女飞行员们，正在屋里又弹又唱的。她想起十多年前，她也曾和她们一样，周末的晚上用尖亮的嗓子，一支接一支地唱"我爱祖国的蓝天……""万里飞行万里歌……"唱累了往床上一倒，煞有介事地将一条条苹果皮贴在脸上。据说这种再利用面膜，可以使被机场的风吹得黑红干燥的面部皮肤，变得白皙起来。可贴不了多会儿，准有人忍不住窥视一眼同伴，咯咯咯地乐，接着就引爆满屋的笑声。姑娘们胡乱撸掉脸上的苹果皮，又开始那些永不枯燥的话题：高原新航线啦、大面积雷雨层啦、偏航迫降啦……夸张的惊讶，掩饰的得意。那时，她就立志创下中国女飞行员飞行时间的最高纪录。

这会儿又听见那久违的欢乐的声浪，像在召唤她重新回到姑娘们的圈子里去。

可她毕竟不是二十来岁的人了。

还是周末——

大型运输机在空中划了道弧，轻盈地飘落在跑道上。

她跳下舷梯去机场休息室，没进门就听见李若雪冷冰冰的声音："事业？哼，别人想方设法地往一块调，他们调一块了倒往两下掰，恐怕她心里还装着'小苏州'呢。"

"李若雪，胡说什么！"有人隔着休息室敞亮的落地玻璃窗看见她，忙制止李若雪。

她觉得额上青筋在跳，脸上一阵红，一阵白；身上一阵热，一阵寒。她想一阵风似的冲进去，可冲进去以后呢？村妇一样粗野地大吵一通？她稳稳神，平静地走进去，冷冷地瞪了李若雪一眼，喝了口水。这不是水，是汽油，浇得心火"轰"地腾起来："不调了，找团长把报告撤回来。"

饭堂里，她往嘴里胡乱扒了几口就放下碗筷，直奔兰岭去了。

团部和团领导宿舍都建在岭上。

她急匆匆地走，火窝得心里挺难受。她知道李若雪恨她，那年师部有个飞行参谋悄悄追求李若雪，两人常偷偷约会，弄得李若雪晕晕乎乎的。这事儿被发现后，她以党小组长的身份批评李若雪："党用重金培养你这个农民的女儿，不是让你穿着皮夹克谈恋爱的。我们向党保证过，不到三十不考虑个人问题，你倒好，才二十四岁就陷入情网，小资情调太重。"

当时李若雪哭着表示，坚决断了此事。那位参谋等了两年，眼看无望，便回家乡找了对象。后来，李若雪也和一位机务大队长结了婚，但婚后两人感情却不太好，隔三差五地闹个矛盾。李若雪便把自己不如意的婚姻归咎于她，觉得是她破坏了自己原可以获得的幸福。

虽然她后来也曾歉疚地向李若雪检讨当年批评的语言过激，可李若雪不肯原谅她，坚决调出她的机组。

事情过去近十年了，李若雪仍记恨她，女人的心眼当真就这么窄吗？想到这儿，她越发愤懑不已，心想：不调了，停飞就停飞，别人停飞小日子不也过得挺好吗？你李若雪用不着搬出"小苏州"来埋汰我。

"小苏州"是她在大连疗养时认识的一个侦察机飞行员，两人通过几次信。不久，他受不了飞行部队纪律的严峻和驻扎山区的枯燥，闹情绪停飞转业回苏州了。从此两人便断了来往，根本谈不上有过爱情。

这个偶尔相识的没出息的男人，像她飞经的那些没有明显地标特征的机场，早被她遗忘了，可李若雪一有合适机会就提起"小苏州"。她心里骂了声："无聊！"

她登上兰岭，天已经黑了。初秋的兰岭晚风悠悠，暗香浮动。岭东的营区灯火璀璨，岭西的跑道宛如灯河，与天上的银河相向奔流。三大队正在飞夜航，一组组三色翼灯如同一个个彩色星座，跃上夜空，融入星海。

团长家的灯亮着。她正要上楼，忽然听见有人在楼边的一株歪脖子树下说话："妈妈，那个红红的星星是爸爸飞机上的灯吗？"

"是……不是。哎呀，小明，那是颗火星啊，你运气真好。要知道火星两年多才出现一次，在空中停留时间短暂，很容易被人错过。"

"为什么容易被错过？"孩子有四五岁了，"为什么"也多了。

年轻的母亲似乎很博学，向孩子解释说："它是太阳系的行星，行星有各自的轨道。火星在它椭圆形的轨道上，要两年多的时间才有一次接近地球的机会，人们不容易留心……算了，说了你也不懂。"

但她听懂了。她久久仰视那颗在黄道附近闪烁的橙红橙红的星儿。这是三大队哪个飞行员的妻子？她不认识，只知道她们是来看夜航的。去机场有好几里地，所以常有家属带着孩子，爬上兰岭俯瞰机场夜景。

而她是来找团长的。这时她才想到，见了团长我怎么说呢？说团长你把报告还给我，我爱人不满了，我受不了冷言冷语的刺激。团长会笑话我吗？会的，因为人家几句话就把你们夫妇的慎重决定推翻了，说穿了，还是你舍不得他走，害怕一个刚团聚的家庭又解体。是啊，你有了顺利发展的事业，即将成为中国女飞行员中飞行时间最高的创纪录者。一周飞行下来，有个欢乐的家在等你。你满足了，可你丈夫为了这个家，却不得不放弃娴熟的技术，改学对他已为时过晚的运输机。你有了一个朝夕相伴的丈夫，空军却失去一个优秀的歼击机飞行大队长。你没见他那日渐耸高的额骨、郁郁的眼眸吗？李若雪不理解你，你却不可以不理解你的丈夫。你们是两颗行星，有各自的运行轨道，那浩渺的天空才是你们爱的归宿。

"小明，我们该回去了。"

她一惊，发现自己正不知不觉步下兰岭，头顶那颗星星可人地橙红。

（发表于《中国空军》1986年第5期）